KB234049

해결사 셸비

던컨 볼 글 | 앨런 스토만 그림 | 이수진 옮김

문학동네어린이

Selby Speaks

국립중앙도서관 출판시도서목록(CIP)

해결사 셀비 / 던컨 볼 글 ; 앨런 스토만 그림 ; 이수진 옮김.
--- 파주 : 문학동네, 2003   p. : 삽도 ;   cm.

원서명: Selby Speaks
원저자명: Ball, Duncan
원저자명: Stomann, Allan

ISBN 89-8281-729-8 04840 : ₩7000
ISBN 89-8281-727-1(세트)

863-KDC4   CIP2003001538

이 책에 있는 이야기들 중 몇 개는 사랑스러운, 너무나도 사랑스럽고 멋진 트라이플 박사님과 아줌마에 대한 거랍니다. 내가 이 세상에서 가장 사랑하는 사람들이죠. 그러치만 대부분의 이야기들은 사실 나에 관한 거예요. 말할 줄 아는 개에게 일어날 수 있는 괴상망칙한 이야기들이지요.

나는 지금 거실 탁자 밑에 숨어서 이 글을 쓰고 있어요. 트라이플 박사님과 아줌마는 아까까지 텔레비전을 보고 계셨는데, 지금은 코를 골고 계시네요. 박사님과 아줌마가 깨어나서 내가 글을 쓰고 있는 것을 발견하기 전에 그만 쓰는 게 좋겠어요.

이 책은 평범한 책이 아니에요. 잊지 마세요! 여러분이 이 책을 만지는 것은 바로 개를, 바로 나 셀비를 만지는 것이라는 걸!

* 셀비가 쓴 글은 맞춤법이 엉망이에요. 여러분이 틀린 곳을 찾아 주세요! 바르게 고쳐 문학동네어린이로 보내 주면 추첨을 통해 매달 세 명의 친구들에게 셀비의 또다른 책 한 권을 보내 드릴게요.

1. 공포의 앵무새

셀비는 오스트레일리아에서 유일하게 말을 할 수 있는 개였다. 아니, 셀비가 알기론 전 세계에서 유일하게 말을 할 수 있는 개였다. 셀비는 보거스라는 작은 마을에서 평범한 개로 태어났는데, 셀비의 주인인 트라이플 박사 부부와 함께 텔레비전을 보다가 말을 배우게 되었다.

이 모든 일은 어느 날 셀비가 갑자기 텔레비전에서 하는 말을 몽땅 이해할 수 있다는 것을 깨달으면서부터 일어났다. 하지만 직접 말을 한다는 것은 또

다른 문제였다. 셀비는 트라이플 박사 부부가 집을 비울 때마다, 텔레비전에서 하는 말을 완벽하게 따라할 수 있을 때까지 몇 시간씩 반복해서 연습했다. 하지만 말을 한다는 것이 그다지 즐거운 일만은 아니었다. 셀비는 고민했다. 셀비가 말할 수 있다는 것을 알게 되면 사람들은 어떤 반응을 보일까? 처음에는 트라이플 박사 부부도 말하는 애완동물이 생겼다는 사실에 기뻐할 것이다. 하지만 곧 이것저것 집안일을 시켜 댈 것이다. 전화를 받게 한다든지 잔디를 깎게 한다든지 심지어는 시장을 보러 가게 할지도 모른다.

셀비는 생각했다.

'나는 하인이 되고 싶지 않아. 그냥 애완견으로 있고 싶어.'

어쩌면 상황이 더 심각해질 수도 있었다. 트라이플 박사 부부가 셀비를 연구실로 데려간다면, 셀비는 평생 동안 과학자들의 멍청한 질문에 대답이나 하고 살아야 할지도 모른다. 절대로 그렇게 할 수는 없었다. 셀비는 생각했다.

'나는 그냥 이렇게 사는 게 좋아. 죽는 한이 있더라도 이 비밀을 꼭 지키고 말 거야.'

셀비의 비밀은 그 동안 여러 번 들통날 뻔했다. 가장 큰일날 뻔한 사건은 셀비가 정글에서 나무 줄기를 잡고 타잔처럼 날아다니다가 줄이 끊어지면서 땅으로 떨어졌을 때였다. 셀비는 식인종들에게 잡혀 큰 냄비에 던져졌다. 미지근하게 데워진 물에 막 떨어지는 순간 셀비는 소리를 지르며 깨어났다.

"안 돼! 안 돼! 날 잡아먹지 마! 난 셀비야. 말을 할 줄 아는 세상에 단 하나뿐인 개란 말이야!"

그제야 주위를 둘러본 셀비는 자신이 보거스 마을 트라이플 박사의 집 카펫 위에 안전하게 누워 있으며, 나쁜 꿈에서 막 깨어났다는 것을 깨달았다.

"그 동안 아줌마가 주는 뼈다귀 비스킷을 너무 많이 먹었나 봐. 그 비스킷 때문에 늘 배가 아프고 나쁜 꿈을 꾼단 말이야."

셀비는 거실 창문을 활짝 열었다. 트라이플 박사의 차가 있는지 내다보기 위해서였다.

"휴, 감사합니다, 하느님! 박사님과 아줌마가 안 계셨구나. 내가 소리지른 걸 들었으면 큰일날 뻔했잖아."

셀비가 말하는 것을 들은 것은 핑키뿐이었다. 핑키는 트라이플 부인의 사촌인 윌레미나가 맡겨 놓은 앵무새였다.

셀비는 높은 새장에 두 발을 올리고는 그 작은 새를 노려보았다.

"안녕, 핑키! 말 좀 해 봐. '안녕, 나의 좋은 친구 셀비!'라고 말해 봐."

하지만 셀비는 핑키가 유일하게 할 수 있는 말이 '살려 줘요! 물에 빠졌어요!'뿐이라는 것을 알고 있었다. 이 말은 윌레미나가 십 년 전 정원에서 파티를 하다가 연못에 빠졌을 때 소리쳤던 말이었다.

"앵무새가 '살려 줘요! 물에 빠졌어요!'라고 말하는 건 도대체가 이상해. 아마 윌레미나가 너무 크게 소리치는 바람에 네 콩알만 한 머리에 그 말이 콱 박혀 버렸나 보다. 어서 말해 봐, '살려 줘요! 물에 빠졌어요!'라고 말이야."

그런데 핑키가 소리쳤다.

"난 셸비야. 말을 할 줄 아는 세상에 단 하나뿐인 개란 말이야!"

셸비의 몸이 뻣뻣하게 굳었다.

"너 지금 뭐라고 했니?"

"난 셸비야. 말을 할 줄 아는 세상에 단 하나뿐인 개란 말이야!"

핑키는 다시 한 번 소리쳤다.

"이런, 내가 잘못 들은 게 아니구나. 넌 셸비가 아니야! 내가 셸비란 말이야! 그러니까 그 주둥이 꼭 다물고 있어. 비밀이 탄로나면 내 인생은 끝장이란 말이야."

"난 셸비야. 말을 할 줄 아는 세상에 단 하나뿐인 개란 말이야! 까룩까룩!"

핑키는 더욱 크게 소리쳤다.

“넌 ‘살려 줘요! 물에 빠졌어요!’ 해야지!”

셀비는 트라이플 박사와 부인이 곧 돌아올 것을 걱정하며 소리쳤다.

“난 셀비야. 까룩까룩! 말을 할 줄 아는 세상에 단 하나뿐인 개란 말이야!”

“좋은 생각이 났어! 내가 큰 소리로 고함을 치면 핑키는 다시 그 말을 따라할 거야.”

셀비는 목청이 찢어지도록 크게 소리를 질렀다.

“살려 줘요! 물에 빠졌어요!”

셀비가 소리를 지르자 핑키의 눈이 거의 튀어나올 것처럼 휘둥그레졌다. 핑키는 놀라서 새장 벽을 향해 몸을 부딪쳤고, 결국 새장이 바닥에 떨어졌다. 새장이 두 동강으로 부서지지만 않았어도 별일 없었을 텐데……. 순식간에 핑키는 새장에서 나와 거실을 이리저리 날아다녔다.

셀비는 소리를 지르며 핑키를 쫓아 다녔다.

“이리 돌아와, 이 멍청한 새야! 그렇게 맘대로 날아다니면 안 된단 말이야!”

"난 셀비야. 말을 할 줄 아는 세상에 단 하나뿐인 개란 말이야!"

핑키는 소리를 치며, 셀비가 어떻게 해 보기도 전에 창 밖의 차가운 밤하늘로 사라져 버렸다.

"이리 돌아와, 이 고자질쟁이야! 넌 집 밖에서 살 수 없단 말이야! 밖은 너무 춥고, 혼자 먹이를 찾을 수도 없잖아. 평생 동안 넌 새장에서만 살았잖아. 어휴, 내가 왜 새한테 말을 하느라 힘을 빼고 있지?"

셀비는 핑키의 흔적이라도 찾아보려고 어둠 속을 노려봤다. 그러곤 갑자기 슬퍼져서 말했다.

"정말 큰일났네. 박사님이랑 아줌마가 돌아와서 핑키가 없어진 걸 아시면 크게 화를 내실 거야. 물론 내가 그런 줄은 모르시겠지. 아마 핑키가 새장에 부딪쳐서 새장이 부서진 줄 아실 거야. 사실이지, 뭐. 그리고 거실 창문도 박사님이나 아줌마가 열어 두었다고 생각하실 거야. 사실 종종 그렇게 정신이 없으시니까. 핑키는 분명히 멀리 날아가서 얼어 죽거나 굶어 죽을 테지. 정말 큰일이야."

셀비는 눈물을 참느라 두 눈을 껌벅거렸다.

"그렇지만 핑키가 없으니 내 비밀이 탄로나지는 않겠다."

그 때 정원에 있는 참나무 꼭대기에서 갑자기 밤 공기를 가르는 끔찍한 소리가 들려 왔다.

"난 셀비야. 까룩까룩! 말을 할 줄 아는 세상에 단 하나뿐인 개란 말이야!"

"저기 있었군, 이 수다쟁이 녀석!"

셀비는 창 밖으로 뛰어나가 핑키를 쳐다보며 소리 쳤다.

"제발 조용히 해! 안 그러면 마을 사람들이 다 듣 는단 말이야!"

갑자기 셀비는 정글에서 나무 줄기를 타고 날아다 녔던 꿈이 생각났다.

"일단 저 나무 꼭대기에 올라가는 거야. 핑키를 잡은 다음 얼굴에 대고 '살려 줘요! 물에 빠졌어요!' 하고 소리지르면 그 말을 따라하겠지?"

셀비는 나뭇가지에 앉아 있는 핑키를 향해 슬금슬

금 기어 올라갔다. 이윽고 셀비는 핑키가 앞발에 닿을 만큼 가까이 올라가 나뭇잎 뒤에 숨었다.

"갑자기 덮치면 핑키는 누가 자기를 잡았는지도 모르겠지?"

셀비는 가느다란 나뭇가지 위에서 앞으로 번쩍 뛰어 앞발로 핑키를 움켜쥐었다. 그러고는 '살려 줘요! 물에 빠졌어요!'의 '살려 줘요!'를 외치는 순간…… 우지끈, 뚝딱, 철썩……. 셀비와 핑키는 함께 땅으로 곤두박질쳤다.

"살려 줘요! 나 떨어져요!"

셀비는 비명을 지르며 곧바로 정원에 떨어졌다. 비틀비틀 몇 발자국을 옮기고 나서, 셀비는 의식을 잃고 쓰러져 버렸다.

셀비는 몇 분 뒤 사람들이 뛰어다니는 발 소리와 트라이플 부인의 목소리를 듣고 깨어났다.

"핑키가 죽었어요! 핑키가 죽었어!"

트라이플 부인은 셀비를 보지 못한 채 달려가 핑키를 집어들고 소리질렀다.

"아이고, 핑키야……. 이제 윌레미나에게 뭐라고 얘기하지?"

"죽은 것 같지 않은데? 그냥 의식을 잃은 거야. 봐, 눈을 뜨고 있잖아. 부리도 움직이고. 뭔가 말하려는 것 같아."

트라이플 박사가 말했다.

셀비는 핑키가 살아 있다는 것이 기뻤지만 곧 다시 절망에 빠졌다.

"오, 안 돼! 이제 모든 비밀이 탄로날 거야. 나는 끝장이야. 차라리 내가 고백해 버리는 게 나을지 몰라. 저 수다쟁이가 내 비밀을 고자질하게 하느니, 차라리 내 입으로 직접 말하는 게 낫지."

셀비가 나무 아래에서 기어 나와, "고백할게요. 난 말을 할 수 있어요. 이젠 상관 없어요. 어서 나를 연구실에 보내서 평생토록 과학자들의 바보 같은 질문에 대답하며 살도록 해 주세요."라고 말하려 하는 순간, 핑키가 소리쳤다.

"살려 줘요! 나 떨어져요!"

"살려 달라고? 떨어진다고? 핑키가 떨어진다고 말했어요? 거 참 이상하네."

트라이플 부인이 물었다.

"그렇게 말한 것 같은데? 흠, 아무튼 '살려 줘요! 물에 빠졌어요!' 보다는 훨씬 낫지, 뭐."

트라이플 박사가 말했다.

"핑키가 오늘 했던 다른 말보다도 훨씬 낫지요. 휴—."

셀비는 안도의 한숨을 쉬며 저녁 산책 길에 나섰다.

2. 트라이플 박사의 발명품

"염소를 샀다구요?"

트라이플 부인이 빨래한 옷들을 바구니에 넣으며
남편에게 물었다.

"산 게 아냐. 만들었지."

매일 하루의 대부분을 발명하는 데 쏟고 있는 트
라이플 박사가 말했다.

"그리고 염소가 아니라 '이엄소'야."

"아, 그래요?"

"알아들었어? 이-엄-소!"

박사는 미심쩍은 듯 다시 한 번 말했다.

박사가 자신의 발명품을 뒷마당으로 끌고 와 잔디 밭에 내려놓는 동안, 셸비는 수풀 속에 깊숙이 숨어 〈음악의 신 완다〉라는 신문 연재 만화를 보고 있었다.

"이엄소란 '**이**리저리 **엄**청 돌아다니며 풀 먹는 염**소**' 의 줄임말이야."

박사는 설명해 주었다.

"그런데 '이리저리 엄청 돌아다니며 풀 먹는 염소' 가 무슨 말이죠?"

보거스 마을의 시장이기도 한 트라이플 부인이 물었다. 어려운 단어에 관해서라면 누구에게도 뒤지지 않았지만, 도대체 감을 잡을 수가 없었던 것이다.

"음…… 무슨 말이냐 하면…… 초본성 물질을 저작하여 유상액으로 만드는 기계란 거지."

트라이플 박사가 말했다.

"뭘 어쩐다구요?"

"그러니까 한 마디로…… 일종의 잔디 깎는 기계라고나 할까?"

"잔디 깎는 기계라구요?"

"아니면 '잔디 먹는 기계'라고 해야 하나? 나는 이 기계를 '하워드'라고 이름 붙였어. 하워드를 작동시키면 전원을 끌 때까지 끊임없이 돌아다니면서 잔디를 먹어치우지. 내가 알고 있는 한 하워드는 잔디 깎는 일에 대 변혁을 일으킬 거야."

"전에 쓰던 잔디 깎는 기계는 도대체 뭐가 문제죠?"

트라이플 부인이 물었다.

"너무 시끄럽잖아. 그리고 너무 단순해. 그 바보 같은 잔디 깎는 기계로 빙글빙글 돌아다니다 보면 너무 지겨워. 여기 있는 이 하워드로 말할 것 같으면, 혼자서 여기저기 조용히 다니면서 풀을 우적우적 먹어치우지. 왜, 수영장에서 돌아다니면서 쓰레기를 먹어치우는 기계 봤지? 그 기계처럼 말이야. 게다가 깨끗하게 먹어치운 잔디가 깎은 잔디보다 훨씬 보기가 좋다구."

"정말이에요?"

"음, 정말이고말고."라고는 말했지만 박사도 왜 그런지는 알 수 없었다. 그래서 곧이어 말했다.

"자, 여기 보라구."

박사는 하워드의 왼쪽 귀에 기름을 몇 방울 붓고 잔디를 향해 돌려 놓았다.

"이렇게 적은 양의 기름으로도 5분 동안은 충분히 작동한다구. 자, 이제 주문을 외워야지. 우적우적! 오도독! 꼬도독!"

박사의 말이 끝나자마자 하워드의 빨간 눈이 켜지더니, 잔디를 한 입 베어 물고는 우적우적 씹어 대기 시작했다.

"놀라워요. 어떻게 한 거예요?"

부인은 깨끗이 빨아 놓은 빨래를 땅에 떨어뜨릴 뻔하며 말했다.

"하워드는 목소리로 작동해. 명령어를 제대로 외치면 켜지는 거지."

트라이플 박사가 설명했다.

"하지만 왜 하필 '우적우적 오도독 꼬도독'이에요? 그냥 쉽게 '잔디 깎아!'라든가 아니면 좀더 친절하게 '잔디 깎아 주세요!'로 하지 그랬어요."

"우리끼리만 살고 있다면 그래도 괜찮겠지. 하지만 그렇지 않잖아. 우리는 지금 여러 집들이 다닥다닥 붙어 있는 보거스 마을에 살고 있단 말이야. 자, 이제 모든 이웃이 이엄소를 샀다고 해 봐. 그리고 모든 이엄소들이 '잔디 깎아!' 아니면 '잔디 깎아 주세요!'라는 말에 작동된다고 해 봐. 무슨 일이 일어나겠어?"

"잘 모르겠는데요."

부인은 다시 빨래를 널며 말했다.

"무슨 일이 일어날지 내가 말해 주지. 아수라장이 될 거야."

박사는 두 팔을 흔들며 말했다.

"아수…… 뭐라구요?"

"엄청난 혼란이 온다구. 누군가 창문 밖을 내다보

며 '잔디 깎아!' 할 수도 있잖아. 혹은 더 친절하게 '잔디 깎아 주세요!'라고 할 수도 있고. 그럼 동네에 있는 모든 이엄소들이 잔디를 먹어치우기 시작할 거야."

"그래서 당신은 모든 이엄소들에게 각각 다른 명령어를 기억시키려는 거군요. 한꺼번에 켜지는 일이 없도록 말이죠."

모든 면에서 박사만큼이나 똑 소리 나는 부인이 말했다.

"바로 그거야! '우적우적 오도독 꼬도독' 같이 우리가 평소에 잘 쓰지 않는 말이어야 실수로 켜지는 일이 없겠지."

"정말 평소에 쓰는 말은 절대 아닌 것 같네요."

부인이 말했다. 그 때 갑자기 하워드가 멈추더니 잡초를 내려다보았다.

"자, 이걸 보라구. 이거야말로 보통 잔디 깎는 기계가 못 하는 일이지."

트라이플 박사가 말했다.

"안 좋아, 안 좋아."

이엄소는 삐걱거리는 로봇 목소리로 이렇게 말하면서 이빨로 잡초를 뽑더니 트라이플 박사의 또다른 발명품인 자동 잡초 절단기에 집어넣었다. 잡초가 떨어지자마자 절단기는 '위잉―' 하는 소리를 내며 자동으로 켜지더니, 잡초가 잘게 썰려 나왔다.

"고맙다, 하워드."

자동 잡초 절단기가 말을 하자 부인이 놀라서 쳐다보았다.

"절단기가 고맙다는 말을 했어요."

부인은 하워드가 다시 잔디 깎는 모습을 쳐다보며 말했다.

"당신 발명품들은 모두 예의 바른 것 같아요, 여보."

"예의 바르다고 돈이 더 드는 것은 아니거든. 그건 그렇고 이엄소와 절단기가 어떻게 함께 일하는지 보았지? 약간 손을 더 봐야 하지만……. 새로운 발명품들은 늘 약간의 손질이 필요한 법이지."

박사는 시계를 바라보며 말을 이었다.

"하워드를 빨리 끄지 않으면 시의회 저녁 식사에 늦겠는걸. 시장님이 늦으면 안 되지, 안 그래?"

"가기 전에 빨래는 다 널어야지요. 그래야 내일까지 마를 거예요."

"그만 이만 싹둑 썩둑!"

박사가 명령하자 하워드는 곧 작동을 멈추었다.

트라이플 박사와 부인이 집을 나서자, 셀비는 살금살금 기어나와 이엄소를 자세히 들여다보았다.

"박사님은 정말 천재라니까."

셀비는 하워드의 코 안에 기름이 얼마나 남았나 들여다보았다.

"세상 사람들 모두 이 잔디 먹는 기계를 갖고 싶어할 거야. 아주 좋아, 하워드. 자, 그럼 이제 한번 해 봐. 시범을 한번 보여 달라구. 주문이 뭐였더라? 우적우적 오도독 꼬도독?"

하워드의 눈이 번쩍 커지더니 잔디를 먹어 대기 시작했다. 하지만 한 입 가득 먹은 잔디를 다 씹기

도 전에 고개를 들어 빨랫줄에 널려 있는 옷들을 보
더니, "안 좋아, 안 좋아." 하며 삐걱거리는 로봇 목
소리를 내는 것이었다.

"야! 그만둬!"

빨래를 향해 가고 있는 하워드를 쫓아가며 셀비가
말했다.

"오, 이런! 저 녀석을 당장 멈추지 않으면 빨래를
모조리 잡초 절단기에 넣을 거야. 빨리 어떻게 해야
해!"

"그만 이만 쌜룩 잘룩! ……이게 아니면, 그만 도
만 살랑 설렁!"

셀비는 하워드의 짧은 금속 꼬리를 잡고 소리쳤지
만 빨랫줄을 향해 끌려갈 뿐이었다.

"그만 저만 쏙닥 쑥덕!"

셀비는 다시 소리쳤지만 이엄소는 꿈쩍도 안 했
다. 셀비는 이엄소를 넘어뜨리려고도 해 봤다.

"명령이다. 멈춰!"

셀비는 하워드보다 먼저 달려가 빨랫줄에 있는 옷

들을 움켜잡았다. 하지만 곧 하워드가 와서는 줄에 매달려 있는 팬티를 향해 손을 뻗었다.

"안 좋아, 안 좋아."

이엄소가 말했다.

"저리 비켜!"

셀비가 소리치며 팬티를 빼앗았고, 또다시 하워드가 잡기 직전에 셔츠 한 개, 양말 열일곱 개, 수건 한 개를 얼른 잡았다.

"안 좋아."

하워드는 보라색 양말을 쳐다보며 또 말했다. 셀비는 양말을 거우 낚아챘다.

"더 이상은 못 참아."

셀비가 엄청난 양의 빨랫더미에 묻힌 채 말했다.

"계속 이 괴물을 따라잡을 순 없어. 아, 안 돼! 아줌마가 좋아하는 꽃무늬 치마 쪽으로 가고 있잖아!"

셀비가 치마를 잡으려고 돌아서는데 뭔가 이상한 것이 꼬리를 움켜쥐는 것이 느껴졌다.

"도대체 뭐지?"

치마를 겨우 살려 낸 셀비가 말했다.

"꼭 무슨 금속 이빨을 가진 금속 주둥이 같은데? 이게 도대체…… 아아아아야야야야야야야야!"

셀비는 소리치며 들고 있던 빨래를 모두 떨어뜨렸다. 하워드의 입이 꽉 닫혔고, 하워드는 셀비를 끌고 잔디밭을 가로질러 갔다.

"안 놓을래? 이 잔디 씹어먹는 밥통아!"

"안 좋아."

셀비를 깨물은 하워드가 삐걱거리는 소리로 말했
다.

"안 좋아."

"나를 놓으란 말이야! 나는 잡초가 아니야! 증명
할 수 있어. 야! 나를 어디로 끌고 가는 거야? 설마
자동 잡초 절단기는 아니겠지? 안 돼, 제발! 하워드,
정신차리라구! 우리 함께 이야기를 해 보자구!"

셀비는 소리질렀다.

"안 좋아."

하워드는 발버둥치는 셀비를 절단기 위로 번쩍 들
어올리며 말했다.

"이제 나는 끝이야!"

절단기의 칼날 끝에서 버둥대며 셀비가 소리쳤
다. 하지만 절단기는 갑자기 흔들거리더니 트림 같
은 기계 소리를 내며 셀비를 땅으로 뱉어 냈다.

"네 말이 맞아, 하워드. 안 좋아. "

절단기가 천천히 말했다.

어찌 된 일인지 영문을 모르는 셀비가 고개를 들

자, 마침 하워드는 기름이 떨어져 천천히 꺼지고 있
었다. 하워드는 빨간 두 눈을 껌벅껌벅하더니 "아
안…… 조오아……." 하고 말하고는 조용해졌다.

"박사님이 말씀하신 '약간의 손질' 말인데……."

셸비는 빨래들을 다시 빨랫줄에 너느라 바삐 왔다
갔다하며 중얼거렸다.

"하워드와 저 바보 같은 절단기가 안 좋은 잡초와
세상에서 가장 좋은 개를 구별하지 못한다면, 약간
의 손질만으론 안 되겠어. 대 수술을 받아야 해."

3. 셀비가 줄었어요

“살려 줘요! 작아지고 있어요! 내가 점점 작아지고 있다구요!”

사건은 전날 밤 셀비가 보거스 마을 비주 영화관으로 〈작아지는 놀라운 소년〉이라는 영화를 보러 가면서 시작되었다.

‘내일이 내 생일이구나.’

셀비는 매표소 앞에 늘어선 긴 줄을 지나 영화관으로 몰래 들어가면서 생각했다. 그러고는 극장 안의 불이 꺼질 때까지 의자 뒤에 숨어 있었다.

'생일 기념으로 영화를 보는 거야. 그리고 직접 선물도 준비해야지. 박사님과 아줌마가 내 생일을 잊을지도 모르니까…… 어라?'

셀비는 옆 의자 위에서 발견한 팝콘을 먹으면서 또 생각했다.

'어떻게 줄어드는지 정말 궁금한걸!'

영화는 어떤 소년이 사탕, 콜라 같은 영양가 없는 음식을 너무 많이 먹어서 갑자기 몸이 줄어들기 시작한다는 내용이었다. 소년은 몸집이 점점 작아져서 고양이가 쥐로 알고 쫓아 다닐 정도가 되었고, 나중에는 거미를 피해 열쇠 구멍으로 숨어야 할 만큼 작아졌다.

'정말 대단한 영화야!'

셀비는 점점 흥분되었다. 꽉 조여진 개목걸이로 팔딱거리는 맥박이 전해졌다.

'자, 이제 어떻게 다시 커질까?'

영화 속 주인공이 신선한 야채를 억지로 먹기 시

작하면서 다시 커지는 것을 보는 동안, 셀비는 아껴

두었던 초콜릿 세 개를 우적우적 먹었고 그 다음에

는 막대 사탕 하나를 쪽쪽 빨아먹었다.

영화가 끝나자 셀비는 집으로 달려와서 침대로 사

용하는 작고 둥근 방석 위에 쭈그리고 누웠다. 그

방석은 너무 작아서 항상 발 하나가 밖으로 삐죽 튀

어나왔다. 잠을 자면서 셀비는 무서운 꿈을 꾸었다.

꿈 속에서 셀비는 너무 작아진 나머지, 개미가 셀비

를 먹다 남은 소시지 조각인 줄 알고 부엌 바닥에서

계속 쫓아 다니는 것이었다.

"안 돼! 안 돼! 날 내버려 둬. 이 다리 여섯 달린 괴

물아! 나는 소시지가 아니란 말이야. 나는 보통 크

기의 말하는 개일 뿐이야!"

꿈에서 깨어난 셀비는 벌떡 일어나 어두운 사방을

두리번거렸다. 거대한 개미는 보이지 않았다.

'내가 꿈을 꾸었군.'

셀비는 마음을 가라앉히기 위해 늘 그랬던 것처럼

제자리에서 빙글빙글 세 바퀴를 돌았다. 그러고는

다시 둥근 방석 위에 누웠다. 그런데 이상하게도 네 발이 모두 방석 안으로 들어와 있었다. 게다가 늘 꽉 끼던 개목걸이도 갑자기 헐렁해진 느낌이었다.

셸비는 정신이 번쩍 들어서 부엌으로 뛰어갔다. 그리고 그릇에 담겨 있는 뼈다귀 비스킷을 집으려는 순간, 그릇이 밤새 커졌다는 사실을 깨달았다.

"살려 줘요!"

셸비는 너무 무서워 숨을 헐떡이기 시작했다.

"내가 작아지고 있어! 점점 줄어들고 있다고! 내가 '작아지는 놀라운 개'가 된 거야! 영화 내용과 똑같아! 내가 초콜릿이랑 팝콘을 너무 많이 먹어서 벌을 받고 있는 거야! 그렇지만 너무하잖아! 왜 하필이면 나에게 이런 일이……."

셸비는 자기 밥그릇 안을 기어가고 있는 개미를 노려보았다. 그러더니 갑자기 부엌 안을 이리저리 뛰어다니며 찬장과 냉장고를 뒤지기 시작했다.

"더 줄어들기 전에 신선한 야채를 빨리 먹어야 해! 어, 그런데 야채가 없잖아! 아줌마가 시장에 다

녀오지 않았나 봐. 이 밤중에 어디 가서 야채를 구하지? 음…… 그래! 박사님 채소밭이야!"

셀비는 집 밖 채소밭으로 달려가서는 당근을 뽑아 흙도 털지 않고 우적우적 먹었다. 그 다음엔 무 두 뿌리를 먹었고, 무가 목구멍으로 다 넘어가기도 전에 호박 세 개, 상추 한 개, 양파 두 개를 먹었다.

"영화에서는 이렇게 하니까 다시 커졌었는데. 나에게도 제발 효과가 있어야 할 텐데."

셀비는 배가 불러 오는 것을 느끼며 말했다.

셀비는 또 토마토 밭을 이리저리 뛰어다니며 토마토를 닥치는 대로 따 먹었다. 그러고는 약재인 대황이 나 있는 곳으로 가 잎사귀만 남기고 모두 먹어치웠다. 그 다음엔 다시 오이 다섯 개와 양배추 한 통을 먹고, 마지막으로 호박을 먹으려고 쳐다보고 있었다. 셀비는 튀어나온 배를 어루만지며 말했다.

"속이 영 안 좋은걸. 이렇게 많이 먹어 본 적은 없었는데. 작년 생일날 아줌마가 만들어 준 초콜릿 케이크도 이렇게 많이 먹지는 않았어."

셀비는 비틀거리며 집으로 돌아와 둥근 방석 위에 다시 누웠다. 방석은 여전히 너무 컸다. 막 잠이 들려고 하는데, 어디선가 노랫소리가 들려 왔다. 점점 가까이 들리는 노랫소리에 셀비는 잠에서 깨었다.

"생일 축하합니다—. 생일 축하합니다—. 사랑하는 우리 셀비, 생일 축하합니다—."

트라이플 박사와 부인이 노래를 부르고 있었다.

셀비는 살며시 눈을 뜨고 자신을 내려다보는 박사와 부인을 쳐다보았다.

부인이 셀비의 머리를 쓰다듬으며 말했다.

"불쌍한 것. 오늘이 자기 생일인 줄도 모르고. 생일 선물로 우리가 큰 방석을 새로 사다 깔아 주었는데. 그리고…… 네가 좋아하는 뼈다귀 비스킷을 잔뜩 담을 수 있도록 커다란 개밥그릇도 새로 장만해 놓은 것도 모르지?"

"음, 개목걸이도 그런대로 괜찮구나."

부인은 셀비가 자고 있는 동안 목에 새로 끼워 준 개목걸이를 보면서 말했다.

“자, 여기 네가 가장 좋아하는 초콜릿 케이크 준
비했단다!”

‘우욱, 죽겠다!’

셀비는 토할 것처럼 앞발을 입에 댔다.

“아니, 이런! 당신 봤어? 케이크를 보더니 셀비 얼
굴이 새파래졌잖아. 셀비는 이제 단 게 싫은가 봐.
그래, 차라리 신선한 야채를 가득 담아 주는 게 좋
겠어. 셀비가 좋아할 거야.”

박사가 말했다.

“그거 좋은 생각이에요. 내가 채소밭에 가서 좀
뽑아 올게요. 들짐승들이 와서 밭을 또 엉망으로 만
들어 놓지는 않았나 몰라!”

부인이 말했다.

4. 위험한 호랑이, 아나

셀비가 졸고 있는데, 트라이플 부인의 무시무시한 동생 제티가 문을 확 열고 집으로 들어왔다. 제티는 스코틀랜드 '암흑의 땅'에서 호랑이 사냥을 하고 돌아오는 길이었다.

"스코틀랜드 암흑의 땅? 그러니까 네가, 사람도 잡아먹는다는 호랑이를 사냥했단 말이니?"

트라이플 부인이 품위 있게 빵에 잼을 바르며 물었다.

"사람을 잡아먹는 게 아니라……."

제티는 지팡이로 방바닥을 친다는 것이 잘못해서 셀비의 꼬리를 치며 말했다.

"……남자만 잡아먹어. 아나는 남자를 싫어하거든. 아니, 그보다는 저녁 식사로 남자를 먹는 걸 좋아한다고 할 수 있지. 아나는 오래 전에 인도에서, 여러 마을을 공포에 떨게 했는데, 남자들만 공격했대. 하지만 완전히 먹어 버리지는 못해. 이빨이 모자라거든."

"이빨이 모자라다니?"

트라이플 박사가 보거스 마을 장미공원에 세울 꽃시계의 설계도를 보고 있다가 물었다.

"이빨이 두 개밖에 없어요. 윗니, 아랫니 달랑 하나씩요. 사실 이빨 두 개로는 어느 누구도 죽일 수가 없잖아요. 하지만 인도에는 그 녀석 때문에 손가락이나 발가락이 한두 개씩 부족한 사람들이 많아요."

"아, 그렇구나."

트라이플 박사는 얼른 자기 손가락을 세어 보다,

마지막으로 손톱을 깎은 게 언제였던가를 생각했다.

"사람들은 마침내 아나를 잡아서 스코틀랜드에 있는 하기스 동물원에 집어넣었대요. 아나도 처음에는 동물원을 좋아했지만, 결국 그 곳에서 도망쳐 나와 〈스코틀랜드는 용감하다〉라는 노래를 백파이프로 연주하고 있던 사람을 공격했지요. 그 백파이프 연주자는 입고 있던 체크무늬 치마가 갈기갈기 찢어진 채 발견되었구요."

"그 체크무늬 치마를 킬트라고 하는 거야."

트라이플 부인이 끼어들었다.

"킬트? 언니, 지금 그게 중요해? 좀 들어 봐. 놀라운 것은 그 남자가 살아 있었다는 거예요. 아나는 치마를 입은 것을 보고, 남자가 아니라 여자인 줄 알았나 봐요. 그래서 죽이지 않았던 거죠. 아무튼 그 지방 사람들은 내가 유명한 사냥꾼이라는 말을 듣고……."

제티가 손톱을 사파리 점퍼에 문지르면서 말했다.

"……나를 부른 거예요. 그런데 내가 한 일은 고작

그 늙은 암호랑이에게 그물을 던진 것뿐이었어요.”

그러더니 제티는 그물을 꺼내 셀비에게 던졌다. 그리고 확 잡아당기자 셀비는 공중에 대롱대롱 거꾸로 매달렸다.

“이렇게 말이에요. 식은 죽 먹기보다 쉬웠지요.”

‘침착, 또 침착하자.’

셀비는 그물 안에서 똑바로 서려고 버둥거리면서 생각했다. 하지만 그물 구멍으로 발이 다 빠져나오고 말았다.

‘이런 식으로 계속 나를 괴롭힌다면, 세계 최초로 여자만 잡아먹는 개를 보게 될지도 몰라.’

제티는 셀비를 카펫 위로 털썩 떨어뜨렸다. 그리고 셀비가 창문으로 뛰쳐나가는 것을 보며 말했다.

“늙은 아나를 이 곳으로 데리고 왔어요. 잡은 사람이 임자 아니겠어요? 보거스 동물원에 데려다 놓았지요. 그 곳이라면 아나도 행복할 거예요.”

셀비는 어두워질 때까지 보거스 마을의 숲을 돌아다녔다. 그러고는 늘 그랬듯이 보거스 동물원을 가로지르는 지름길로 들어섰다. 정문이 닫혀 있어서 창살 사이로 몸을 밀어 넣어야 했다.

"역시 동물원은 밤이 제일 평화롭다니까. 사람도 하나 없고, 동물들도 모두 쉬고 있으니……."

셀비는 동물들을 바라보며 우리 앞을 돌아다녔다. 셀비는 보아 뱀 바자의 우리 앞에서 잠깐 멈추었다. 그리고 오페라를 사랑하는 바자를 위해 자신이 가장 좋아하는 〈클레오파트라와 독사〉의 한 대목을 불러 주었다. 늙은 뱀의 눈에서는 기쁨의 눈물이 흘러내렸다. 그 다음에 셀비는 엄니가 하나뿐인 코끼리 테리에게 건초 한 주먹을 집어넣어 주었다.

"사람들이 잘 대해 주니? 엄니는 괜찮아?"

셀비는 테리가 대답을 못 한다는 걸 알면서도 자꾸 물었다. 전 세계에서 말을 할 줄 아는 동물은 자기밖에 없다는 걸 알면서도 말이다.

셀비는 다른 때와 마찬가지로 테리 옆의 빈 우리를 가로지르기 위해 막 우리 안으로 들어서려던 참이었다. 그런데 우리 앞에 새로 페인트 칠을 한 표지판이 보였다.

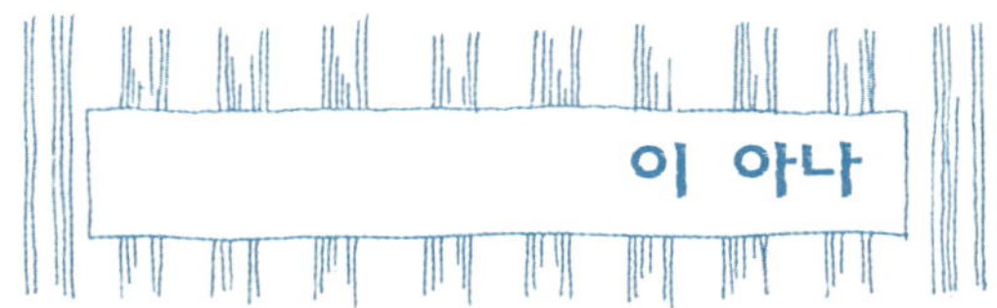

셀비는 표지판으로 가까이 가서 말했다.

"이리로 가야 빠른데! 우리에 새 동물이 들어왔나 보네. 근데 '이 아나'가 뭐지? 처음 들어 보는데? 아하! '이구아나'구나. 포스티가 '구' 자를 빠뜨리고 썼나 봐."

셀비는 우체부이자 동물원에서 시간제로 일하는 포스티를 탓하며 말했다.

"뭐, 이구아나가 개를 물지는 않겠지. 늘 다니던 지름길이잖아. 동물원 정문으로 다시 돌아서 갈 순 없어."

셀비는 창살 사이로 비집고 들어갔다. 하지만 셀비는 포스티가 표지판을 쓸 때 늘 맨 뒤에서부터 쓴

다는 사실을 모르고 있었다. 앞에서부터 쓰면 꼭 마지막 글자 쓸 자리가 없었던 것이다. 이번에는 '사람 잡아먹는 호랑이 아냐'라고 써야 했다. 그래서 포스티는 맨 뒤의 '나'부터 쓰고 나서 '야'와 '이'를 썼다. 그런데 그 때 그만 퇴근 시간이 되어 버렸던 것이다.

그걸 모르는 셀비는 우리 안을 지나 반대편 창살로 나오다가 이상한 느낌에 사로잡혔다.

"흠…… 좀 오싹한데? 누군가 나를 보고 있는 것 같아. 이구아난가? 어디 있는 거지?"

그런데 갑자기 '크르렁!' 하는 소리와 함께 아나가 달빛으로 뛰어나왔다.

"으으으으으으으악!"

셀비는 구석으로 뒷걸음질치며 소리쳤다.

"이구아나가 아니잖아! 저리 가! 도와줘요!"

아나는 또 으르렁거리더니 셀비를 향해 달려들었다. 셀비는 재빠르게 뒷발로 일어서서 앞발을 치켜들었다.

"제티가 말했던 아나잖아! 여기서 뭐 하는 거지? 아직 스코틀랜드에 있는 줄 알았는데. 제티가 데리고 온 건가? 도, 도……도와줘요!"

"크르르르르르렁! 으르르렁!"

아나가 다시 으르렁거렸다. 이빨 두 개를 가지고 어찌나 딱딱거리던지 마치 뜨개질 시합할 때 나는 소리 같았다.

아나가 달려들 때마다 셀비는 쉬지 않고 공중으로 점프해야만 했다. 앞발은 여전히 머리 위로 치켜들고 뒷발은 마치 스텝을 밟듯 춤을 추고 있었다. 그런데 아나가 갑자기 털썩 뒤로 주저앉더니 셀비를 쳐다보았다.

'근데 쟤 왜 저러지?'

셀비는 미친 듯이 점프를 하며 생각했다.

'아, 그래. 쟤가 스코틀랜드 출신이었지. 쟨 내가 지금 스코틀랜드 포크 댄스라도 추는 줄 아나 봐.'

셀비는 계속 점프를 하며 땅에 떨어진 종이를 집어들었다. 그리고 그 종이를 킬트처럼 허리에 둘렀

다. 그러자 아나의 크고 둥그런 눈에서는 고향을 그
리워하기라도 하듯 눈물이 맺혔다.

셀비는 먼지가 나도록 발로 바닥을 쿵쿵 차며 노
래를 불렀다.

'아이구! 언제까지 이러고 있을 수는…… 헉헉!
없는데……. 빨리 빠져나가야 돼. 그것도 내 발가락
들이 온전한 채 말이야. 헉헉! 그런데 어떻게 여기
서 나가지?'

바로 그 때 뭔가 이상한 것이 살짝 셀비의 허리를
휘감았다. 뱀같이 생긴 그것은 옆 우리에서 넘어온

코끼리 테리의 코였다. 곧 셀비는 공중으로 높이 들어 올려졌다. 그러는 동안에도 셀비는 계속 노래를 불렀다. 테리는 셀비를 우리 안에 안전하게 내려놓았다.

"휴! 고마워, 테리. 하마터면 큰일날 뻔했어. 조금만 늦었어도 그 춤이 내 일생의 마지막 춤이 될 뻔했지 뭐야."

5. 죽음의 오토바이 묘기

　그 날은 정말이지 트라이플 부인이 보거스 마을의
시장을 그만두고 싶은 날이었다. 하루 종일 이런저
런 말썽과 사건이 끊이지 않은 데다가, 엎친 데 덮
친 격으로 국제적으로 이름난 오토바이 곡예사 크
노플이 찾아온 것이다.

　크노플은 오토바이를 타고 72대의 버스를 뛰어넘
는 자신의 모습을 찍은 사진을 보이며 말했다.

　"시장님, 검붓 골짜기를 뛰어넘는 곡예를 할 테니
허락해 주십시오. 아직 아무도 해내지 못한 일입니

다. 검붓 골짜기를 보는 순간, 내가 이 일을 처음으로 해내야겠다고 생각했어요. 정말 멋진 골짜기더군요. 하하하.”

“난 당신이 다쳐서 병원에 입원하는 모습을 볼 수 없어요. 당신은 그 때 72번째 버스에 부딪쳐 뼈가 다 으스러진 걸로 기억하는데요.”

트라이플 부인이 말했다.

“예…… 그랬었죠. 그렇지만 검붓 골짜기를 넘는 건 땅 짚고 헤엄치기예요. 할 수 있단 말입니다!”

크노플은 주먹으로 책상을 쾅쾅 치다가 트라이플 부인의 점심 샌드위치를 납작하게 만들었다.

“당신의 그 말도 안 되는 계획을 내가 막을 수만 있다면 좋겠지만……. 사실 검붓 골짜기는 보거스 마을 경계 밖에 있으니까 내 허락이 필요 없어요. 마음대로 하세요.”

트라이플 부인이 말했다.

“좋습니다. 그렇다면 시간 낭비할 필요가 없군요. 당장 그 골짜기를 뛰어넘어야겠어요!”

크노플이 이렇게 말하며 뛰쳐나가자마자 이번에
는 개장수 더들리가 들어왔다. 지독한 근시인 더들
리는 바닥에 통통한 자루를 던지며 소리쳤다.

"잡았어요! 마침내 개 유령을 잡았어요! 지난 몇
주 동안 매일 밤 이 개가 울부짖는 소리를 들었어
요. 우一우一."

더들리는 천장을 향해 개처럼 울부짖었다.

"드디어 내 '원격 조종 소매 그물'로 그 놈을 잡았
단 말입니다."

순간 자랑이나 하듯 그의 소매에서 원격 조종 소
매 그물이 튀어나오더니, 크노플이 찌그러뜨린 샌
드위치 중 하나를 휙 낚아챘다.

"더들리 씨!"

트라이플 부인은 남은 샌드위치 하나를 얼른 잡으
며 말했다.

"도대체 무슨 얘기를 하고 있는 거예요? 그 자루
에 뭐가 있다구요?"

"그 놈 말이에요!"

더들리가 자루를 열어 보였다. 그 속에는 당황해
서 어쩔 줄 몰라하는 셸비가 갇혀 있었다.

"바로 그 개의 유령이에요. 매일 밤 울부짖어 마
을 사람들을 모두 깨우고 사라지는 유령 말이에요!
제가 바로 그 놈을 잡았다구요."

"그 개는 유령이 아니에요. 우리 집에서 기르는
개란 말이에요. 그리고 셸비는 밤에 나가서 울부짖
지도 않아요. 다른 개들처럼 집에서 얌전히 잔다구
요. 지난 삼 주일 동안 당신은 무려 열일곱 마리의
멀쩡한 개와 세 마리의 멀쩡한 고양이를 잡아와서
는 그 때마다 그 놈의 유령 타령을 했어요. 이제 유
령은 그만 잊어버리고 안경이나 제대로 된 걸 사서
끼세요."

"아, 아, 알았습니다, 시장님."

그물을 다시 소매 속으로 넣고 나가면서도 더들리
는 어디선가 또 개 짖는 소리가 들린다는 듯 귀를
쫑긋 세웠다. 하지만 그것은 트라이플 박사의 발명
품인 장미공원의 말하는 시계가 "두―우 시 이십

분입니다."라고 외치는 소리였는데 말이다.

"불쌍한 우리 셀비. 그 바보 같은 녀석이 널 아프
게 하지는 않았는지 모르겠구나."

트라이플 부인이 말했다.

'물론 아팠지요.'

그물에 걸려 시장 집무실에 내동댕이쳐지며 마음
에 상처를 입은 셀비가 생각했다.

'또다시 그 근시가 날 잡으면 콱 물어 버릴 거야.'

그 날은 생각보다 빨리 왔다. 그 다음 날 보거스
마을의 모든 사람들, 그리고 셀비를 포함한 모든 개
들까지 크노플이 펼치는 '죽음의 오토바이 묘기'를
보기 위해 검붓 골짜기에 모인 것이다.

"정말 굉장하겠는걸!"

셀비가 말했다. 죽음을 무릅쓴 모험이라면, 자기
목숨이 걸려 있지 않는 한 뭐든지 좋아하는 셀비는
재빨리 사람들로부터 멀리 떨어진 큰 나무로 올라
갔다.

"음, 이젠 좀 잘 보이는군!"

나무 꼭대기의 점점 가늘어지는 가지 위로 기어 올라가며 셀비가 말했다.

"여기서라면 오토바이가 산등성이를 질주해 올라가 검붓 골짜기를 뛰어넘는 걸 자세히 볼 수 있겠어."

일이 여기에서 끝났으면 얼마나 좋을까! 그런데 셀비는 그만 더 위에 난 가지를 발견한 것이다. 아주 가느다란 나뭇가지였지만 그 곳에 오르면 전망이 더 좋을 것 같았다. 여기까지만 해도 괜찮았을 것이다. 만약 셀비가 그 나뭇가지에 앉지만 않았더라면 말이다. 셀비가 그 나뭇가지에 앉는 그 순간까지도 좋았다. 나뭇가지가 우두둑 부러지지만 않았다면 말이다. 나무 꼭대기에서 떨어진 셀비는 가지가지마다 부딪치며 아래로 곤두박질치고 말았다.

"오—, 안 돼!"

셀비는 소리쳤다. 이미 땅에 떨어져 온몸에 멍이 든 뒤었다. 그 때 크노플의 오토바이 소리에 정신을 잃고 묘기를 바라보던 더들리가 그 소리를 들었다. 더들리는 분명히 또 그 유령이 울부짖는 것이라고 생각했다.

"그 놈이야, 개의 유령! 틀림없어!"

심한 근시인 더들리는 크노플을 오토바이에서 밀어 내고 황급히 올라타며 소리쳤다.

"이번에는 꼭 잡고 말 테다."

더들리는 셀비를 쫓아 오토바이를 타고 최고 속도로 가파른 언덕을 올라갔다.

"내 오토바이 내놔, 이 멍청아!"

크노플은 더들리를 쫓아가며 소리쳤다. 셀비는 순식간에 쫓아오는 오토바이를 피해 죽으라고 도망치는 신세가 되었다.

"이제 잡았다!"

더들리가 소리쳤다.

"누가 저 좀 살려 줘요!"

셀비는 소리쳤고, 영문을 모르는 사람들은 셀비가 미친 오토바이를 피해 검붓 산을 오르락 내리락 도망치는 것을 지켜보았다.

"누가 좀 말려 줘요! 나를 깔아 뭉개겠어요!"

그 때 갑자기 셀비에게 좋은 생각이 떠올랐다.

"벼랑까지…… 헐떡! 뛰는 거야. 헐떡! 그러면 더들리는 멈출 수밖에 없겠지? 헐떡, 헐떡! 그 때 사샥 피하는 거야!"

셀비는 온 힘을 다해 달려갔다. 그리고 낭떠러지가 가까워지자 발뒤꿈치에 힘을 주면서 속도를 늦추기 시작했다.

"어…… 어…… 멈출 수가 없어! 아이고 절벽으로 떨어지겠네! 이제 정말 죽었다!"

셀비는 골짜기의 한가운데로 날아갔고 그 위로 오토바이가 벼랑 끝에서 하늘로 치솟아올랐다. 사람들은 함성을 질렀다.

"잡았다! 유령을 잡았다!"

더들리는 소리쳤다. 자신이 공중을 날고 있다는 사실을 알아채지 못한 더들리는, 골짜기로 떨어지는 흐릿한 형체를 보면서 땅이 왜 이렇게 평평해졌

는지 어리둥절했다.

더들리는 원격 조종 소매 그물을 쏘아 날고 있는 셀비를 낚아챘다. 둘은 함께 골짜기를 뛰어넘어 반대편 절벽에 멋지게 착륙했다.

"또다시 아줌마의 사무실 카펫 위에 내동댕이쳐지는 수모는 겪지 않을 거야."

셀비는 재빨리 이빨로 그물을 끊어 버리고는 덤불 속으로 들어가 숨으며 말했다.

"죽을 뻔했잖아. 정말 최악이야."

더들리는 오토바이를 팽개쳐 두고 텅 빈 그물을 뒤졌다. 그 때 사람들이 몰려와 어리둥절해하는 더들리에게 멋진 오토바이 묘기에 성공한 것을 축하했다.

"이런, 거의 다 잡았는데 놓쳤잖아!"

더들리는 구멍 난 그물을 보며 소리쳤다.

"그 놈의 개가 또 도망쳤어! 에이, 크노플 씨에게 오토바이를 돌려줘야겠다. 죽음의 오토바이 묘기나 구경해야지."

"저 멍청이가 안경을 새로 맞춰 쓰기 전까지, 집에서 얌전히 있어야겠어."

덤불 속에서 나온 셀비가 이를 바드득 바드득 갈고 있는 더들리 곁을 지나쳐 집으로 도망치며 말했다.

6. 위험한 영화 촬영

"아싸! 내가 좋아하는 영화배우 글렌더가 온다!"

셀비는 보거스 신문을 읽으며 소리쳤다. 신문에는 영화 〈톱니바퀴의 공격〉 제작팀이 보거스 마을의 제재소에서 촬영을 한다는 기사가 나 있었다.

"글렌더는 정말 아름다워. 꼭 보러 가야지."

제재소에서는 영화 제작팀이 조명, 카메라, 마이크 등을 설치하느라 바쁘게 움직이고 있었다.

"저기 있다!"

셀비는 아무에게도 들키지 않고 제재소로 살짝 들어가 한쪽 구석에서 분장을 하고 있는 글렌더를 발견하고 중얼거렸다.

"와! 글렌더랑 영화에 대해 얘기할 수 있으면 얼마나 좋을까?"

조금 지나자 감독이 메가폰에 대고 소리쳤다.

"모두 위치로!"

감독은 거대한 톱니바퀴 앞에 놓여진 통나무를 가리키면서 말했다.

"글렌더! 어서 통나무 위에 올라가요."

글렌더는 커다란 통나무를 바라보더니 말했다.

"통나무요? 싫어요. 절대로 못 올라가요!"

'와! 저 목소리! 저 열정! 너무 좋아! 나는 글렌더가 처음 출연한 〈여왕 나라의 왕〉을 보고 나서부터 줄곧 그녀를 좋아해 왔어. 그 때 글렌더의 대사는 겨우 한 마디뿐이었지. 영화는 엉터리였지만 글렌더는 정말 멋졌어.'

셀비는 그 때의 기억을 떠올렸다.

“해야 돼요. 대본에 있잖아요. 통나무에 묶여 있으면 톱니가 통나무 가운데를 자르게 될 거예요. 프레스턴과 렉스가 서로 싸우고 있는 동안 당신은 죽어라 소리만 지르면 돼요. 프레스턴이 싸움에서 이기고 나면 달려가서 톱니바퀴를 멈출 겁니다. 알겠지요?”

“너무 위험하잖아요. 난 못 하겠어요! 다른 사람을 시켜요!”

글렌더는 보랏빛 눈을 반짝이며, 영화배우들이 늘 그러는 것처럼 휘날리는 금발을 어깨 위로 멋있게 쓸어 넘기며 말했다.

“시끄러워요, 글렌더! 시키는 대로 해요!”

감독이 소리쳤다.

“저렇게 유명한 배우한테 저런 식으로 말하는 법이 어디 있어? 다 그만두고 가 버리면 어쩌려고.”

셀비는 화가 나서 중얼거렸다.

“만약 프레스턴이 싸움에서 지면 어떻게 해요?”

글렌더는 사다리를 타고 통나무 위로 올라가며 물

었다. 남자 둘이 두꺼운 밧줄로 그녀를 묶었다. 글렌더는 다시 물었다.

"만일 프레스턴이 너무 세게 얻어맞아 제때 못 일어나면, 그래서 톱날을 멈추지 못하면 어떡하냐구요? 나는 어떻게 되냐구요?"

"배우들이 영화를 찍을 때 진짜로 싸움하는 것 봤어요? 알면서 왜 그래요? 그냥 싸우는 시늉만 할 거예요. 혹시 잘못되더라도 여기 사람들이 많이 있잖아요."

감독이 말했다.

"알아서 하세요. 설마 톱니바퀴에 반토막 나는 일은 없겠지요."

글렌더가 말했다.

"액션!"

감독이 소리치자, 렉스와 프레스턴은 싸우는 연기를 시작했다. 톱니바퀴는 톱밥을 사방으로 날리며 통나무를 자르기 시작했다.

"컷! 그만! 지금 장난하나? 제대로 싸워야지, 제대

로. 통나무를 뒤로 빼고 다시 시작합시다.”

촬영은 여러 번 반복되었고 글렌더는 완전히 목이 쉬어 버려서 말을 할 수도 없을 정도였다.

‘대단한데! 정말 대단한 연기야!’

셀비는 좀더 잘 보려고 사람들 사이를 비집고 들어가며 생각했다.

“아야! 그만 해! 그렇게 정말 때리면 어떻게 해?”

프레스턴은 턱을 움켜쥐며 소리쳤다.

“그냥 살짝 건드린 거야. 일부러 그런 것도 아니고, 실수할 수도 있는 거잖아! 어린애처럼 굴지 마!”

렉스가 소리쳤다.

“뭐? 어린애? 이 계집애 같은 녀석이…….”

프레스턴이 소리쳤다.

“난 계집애가 아니야!”

“아니긴 뭐가 아냐! 계집애지!”

“아니야!”

“맞아!”

“아니야!”

감독이 나서서 둘을 떼어 내며 소리쳤다.

"자! 자! 신사분들! 우리 모두 너무 지쳤군요. 좀 쉬면서 커피 한 잔 합시다. 그리고 마지막으로 한 번만 더 찍읍시다."

그러더니 감독은 글렌더를 올려다보며 말했다.

"글렌더, 당신은 그냥 거기에 있는 게 좋겠어요. 거기서 내려왔다가 다시 올라가려면 너무 힘들 테니까. 계속 소리를 질러서 피곤할 테니 좀 쉬고 있어요."

촬영팀은 곧장 모두 나가 버렸고, 글렌더는 그 자리에 누워서 코를 골며 잠이 들었다.

"지금이야말로 글렌더를 가까이에서 볼 수 있는 좋은 기회야."

셀비는 통나무 위로 기어올라가 글렌더의 아름다운 모습을 바라보았다.

"와, 정말 피부 곱다. 와, 머릿결도 너무 좋아. 〈캐폰 행성의 습격〉에서 수 공주로 나왔을 때 머릿결이 생각나는걸. 왜 영화 속에서 남자 배우들이 글렌더

를 놓고 서로 싸우는지 알겠어. 야아, 글렌더와 단
둘이 있다니……."
　셀비는 통나무에서 떨어질까 봐 글렌더가 묶여 있
는 밧줄로 앞발 하나를 세게 묶었다. 그리고 허리를
굽혀 글렌더의 볼에 살짝 입을 맞췄다.
　"아니, 이런!"

글렌더 얼굴의 분가루가 셀비의 입에 잔뜩 묻었
다. 셀비는 숨을 쉬다가 엄청난 분가루를 한꺼번에
들이마시고 말았다.

"에취! 에— 에— 에취!"

셀비는 재채기를 하고는 그만 중심을 잃고 밧줄
끝에 매달렸다.

그 때 셀비의 뒷다리가 기계의 스위치를 건드리고
말았다. 곧 거대한 톱니바퀴가 움직이기 시작했다.

잠에서 깬 글렌더가 셀비를 올려다보며 말했다.

"무슨 일이죠? 다시 촬영하는 거예요? 그런데 도
대체 이 개는 어디서 온 거죠? 대본에 개는 없잖아
요. 어떻게 된 거죠? 어, 모두 어디 갔어요?"

'아이쿠, 큰일이다! 발이 스위치에 닿지 않아. 어
떻게 기계를 멈추지?'

셀비는 발에 묶인 밧줄을 풀려고 애쓰며 생각했다.

톱니는 글렌더 쪽으로 점점 가까워지고, 글렌더
의 비명 소리는 점점 커졌다.

'에구, 글렌더가 몸부림만 치지 않으면 어떻게 밧

줄을 풀 수 있을 텐데. 발을 빨리 빼지 않으면 우리 둘 다 반토막이 나고 말 거야!'

"도와줘요! 사람 살려요!"

글렌더는 영화 촬영을 할 때보다 더 크게 비명을 질러 댔다.

'글렌더에게 밧줄을 잡아당기지 말라고 해야겠어.'

셀비는 글렌더의 머리 쪽으로 점점 가까이 오고 있는 톱니바퀴를 보며 생각했다.

'그렇지만 글렌더에게 말을 하면 내 비밀이…… 꿀꺽! ……탄로나고 말 텐데. 비밀이 탄로나면, 과학자들은 너도 나도 우리 나라에, 아니 전 세계에 단 하나뿐인 말하는 개를 연구하려고 할 거야. 나를 실험실에 가둬 놓고 매일같이 바보 같은 질문을 해 대겠지? 차라리 여기서 이렇게 죽는 게 나을지도 몰라!'

셀비는 갑자기 마음을 고쳐먹었다.

'내가 지금 죽는다고 했나?'

셀비는 글렌더의 아름다운 눈을 바라보며 말했다.

"잘 들어요, 글렌더. 시간이 없어요."

"엉? 지금 네가 말했니? 개가 말을 해? 이게 어떻게 된 거지? 말하는 개는 영화에서밖에 본 적이 없는데! 그 영화도 사실은 감독이 대신 말한 거였잖아."

"지금 그런 거 따질 때가 아니에요. 내가 시키는 대로 해요! 제발 버둥거리지 좀 말라구요."

셀비는 단호하게 말했다.

글렌더가 놀라서 꼼짝 못 하고 있는 사이, 셀비는 글렌더를 묶고 있는 밧줄의 매듭을 풀기 시작했다. 그러나 매듭을 다 풀기도 전에 톱니바퀴는 바로 머리 앞까지 다가왔다. 다행히 밧줄은 조금 헐거워졌다.

"자, 이제 옆으로 몸을 비켜요, 글렌더! 빨리요!"

톱니바퀴 때문에 가발이 벗겨지긴 했지만, 글렌더는 간신히 몸을 옆으로 피할 수 있었다. 마침내 둘은 통나무 밑에 대롱대롱 매달리게 되었다. 톱니가 지나가면서 밧줄을 끊자 둘은 바닥으로 떨어졌다.

"난 네가 누군지, 어디서 말하는 걸 배웠는지 모

르겠지만……."

글렌더는 셀비를 껴안고 입술에 키스를 하더니 말했다.

"너야말로 이 세상에서 가장 영리하고 용감한 개야. 나와 함께 영화 한 편 찍지 않을래? 〈여왕 나라의 왕〉 2탄을 곧 만들 거거든."

"아, 아…… 아니요."

셀비는 머뭇거렸다.

"거기 무슨 일이야?"

그 때 감독이 뛰어들어오며 소리쳤고, 그 사이 셀비는 재빨리 도망쳐 나왔다. 감독이 물었다.

"그 개는 뭐요?"

"나도 몰라요. 그리고 무슨 상관이에요? 제가 할 수 있는 말은 하나밖에 없어요. 감독님보다 두 배는 더 훌륭한 개라는 것이죠."

글렌더는 꿈이라도 꾼 듯 말했다.

7. 미미와 악당들

“불타는 사랑! 예— 예— 불타는 사랑!”

셀비는 텔레비전에 나온 록 그룹 ‘미미와 악당들’의 히트곡을 따라 부르며 춤을 추고 있었다.

“미미는 정말 대단해! 오늘밤 보거스 마을에 ‘미미와 악당들’이 온다고 했지? 어떻게 해서든 공연장에 숨어 들어가서 봐야 할 텐데!”

그 날 밤 셀비는 공연이 열리는 보거스 시민회관으로 달려갔다. 마침 ‘미미와 악당들’은 트럭에서 공연에 필요한 장비를 내리고 있는 중이었다. 셀비는 숨어 들어갈 곳을 찾아 주위를 둘러봤지만 입구마다 경비원들이 지키고 서 있었다. 경비원들은 소리를 지르며 몰려드는 팬들을 막느라고 정신이 없었다.

"저기만 통과하면 되는데……. 공연이 시작될 때까지는 탁자 밑에 숨어 있으면 되니까."

셀비는 '미미와 악당들'이 뒷문으로 짐을 옮기는 것을 보며 생각했다.

"어떻게 하지?"

얼마 뒤 모두 건물 안에 들어간 틈을 타서 셀비는 트럭 뒤에 살짝 올라탔다.

"흐음…… 이게 뭐지?"

셀비는 큰 나무 상자를 밀며 말했다.

"장비 같은 걸 넣어 둔 모양이야. 이 안에 숨을 수만 있다면……."

다행히 상자 위에 박혀 있는 못 몇 개가 튀어나와 있어서, 셀비는 그것을 억지로 비틀어 열 수 있었다. 셀비는 철사 뭉치에 마구 찔리면서 잽싸게 상자 안으로 들어갔다.

“휴! 되게 좁네.”

셀비는 뚜껑을 당겨 닫으며 말했다.

상자 옆에 난 조그만 구멍을 통해서 밖을 내다보니 미미와 드럼 연주자 슬램이 트럭 위로 올라오고 있었다.

“슬램, 이 상자 좀 옮겨 줘요.”

미미가 잔뜩 쉰 목소리로 힘없이 말했다.

그런데 뭔가 이상했다.

“어? 미미잖아. 그런데 목소리가 왜 저렇지? 노래 부를 때와 전혀 다른데?”

미미와 슬램은 트럭에서 상자를 내려 공연장 안으로 가져갔다. 미미는 상자를 털썩 내려놓으며 한숨을 쉬었다.

“더 이상은 못 하겠어! 매일같이 이게 뭐야? 하루 종일 운전하고, 밤에는 공연하고……. 6개월 동안 집에 한 번도 못 들어갔잖아. 정말 너무 힘들어! 오늘 밤은 죽어도 노래 못 하겠어. 정말이야!”

“미미, 제발 이러지 마. 너 없으면 공연을 할 수 없잖아. 오늘이 우리 순회 공연 마지막 날이야. 마지막 공연을 취소할 순 없어.”

슬램이 애원했다.

“하지만 목소리가 안 나오는걸? 내가 〈불타는 사랑〉을 제대로 부르지 못하면 팬들은 속았다고 생각할 거야. 어쩌면 좋아…….”

미미가 눈물을 훔치며 말했다.

“걱정 마. 앰프를 크게 틀면 돼.”

“그걸로 안 돼. 내 목소리 좀 들어 봐. 말도 잘 안 나온다구!”

“크게 말해 봐. 뭐라고 하는지 못 알아듣겠어.”

“크게 말하고 있는 거야.”

미미는 거의 속삭이는 목소리로 대답했다.

“걱정 마, 미미. 지금은 전자 마술의 시대야. 〈불타는 사랑〉을 부르기 전부터 앰프를 크게 틀고, 〈불타는 사랑〉을 부를 때는 ‘슈퍼 컴퓨터 초고음 귀청 관통 두개골 파괴 확성기’를 켜면 돼. 이 기계는 모기 소리도 제트기 소리로 확대시켜 주거든."

슬램이 미미를 안심시켰다.

"모르겠어⋯⋯."

"날 믿어, 미미. 내가 직접 만든 기계야. 무대에서 노래하는 것만 빼고 뭐든지 다 할 수 있는 장치야."

슬램은 덧붙였다.

"그리고 직접 노래도 할 수 있게 하려고 지금 연구 중이야."

'와! 슈퍼 컴퓨터 초고음 귀청 관통 두개골 파괴 확성기라고? 빨리 들어 보고 싶다.'

셀비는 생각했다.

"널 기분 나쁘게 하고 싶지 않지만, 난 그 기계를 믿을 수 없어. 아직까지 콘서트에서 한 번도 사용해 본 적이 없잖아."

미미는 구멍으로 상자 안을 들여다보았지만 컴컴한 구석에 웅크리고 있는 개 한 마리는 보지 못했다.

"게다가 그 동안 트럭에서 이리저리 굴러다녀서

부서졌을지도 모르잖아. 여기 봐, 못들이 마구 비어
져 나와 있어."

미미가 말했다.

"그건 상관없어. 지금 고칠게."

슬램이 말했다. 그리고 셀비가 "안 돼요. 지금 '슈
퍼 컴퓨터 초고음 귀청 관통 두개골 파괴 확성기'
안에 내가 있단 말이에요."라고 말하기도 전에 슬램
은 망치로 비어져 나온 못을 꽝꽝 박아 버렸다. 여
기까지는 그래도 괜찮았다. 그런데 하필 그 때, 셀
비는 머리를 상자 벽에 기대고 있었다. 엄청난 망치
소리에 정신을 잃은 셀비는 한참 동안 멍하니 있어
야 했다.

"자, 이제 됐지? 이 확성기가 건물이 다 떠나가게
할 테니 두고 봐."

슬램이 말했다.

"슬램! 경고하는데, 만약 이 기계가 제대로 작동
되지 않으면 도끼로 부숴 버리겠어."

미미가 말했다.

그 날 밤 셸비는 귀청을 찢을 듯한 드럼 소리와 십대들의 비명 소리에 깨어났다. 상자 구멍으로 레이저 불빛이 번쩍이는 것이 보였다.

"자, 이제 저희의 마지막 노래입니다."

미미는 '슈퍼 컴퓨터 초고음 귀청 관통 두개골 파괴 확성기'를 연결하며 말했다.

"〈불타는 사랑〉을 보내 드리겠습니다."

"오, 안 돼!"

밖을 내다보던 셸비는 온 힘을 다하여 상자를 긁고 두드려 보았지만 헛수고였다.

"여기서 빨리 나가지 않으면 이 놈의 '슈퍼 컴퓨터 초고음 귀청 관통 두개골 파괴 확성기'가 내 고막을 모두 찢어 버리고 머릿속을 엉망진창으로 만들고 말 거야!"

슬램이 드럼을 연주하자 확성기 안의 셸비는 놀라서 펄쩍 뛰었다. 털이 다 곤두서고 귀에서는 교회종이 울리는 것처럼 댕댕 소리가 났다.

"빨리 어떻게든 해야 해! 슬램이 다시 드럼 연주를 시작하면 난 완전히 끝장이야! 비밀이 탄로나도 이젠 어쩔 수 없어. 죽느냐 사느냐가 문제야! 악! 살려 줘요!"

셀비는 젖 먹던 힘을 다해 큰 소리로 외쳤다.

"확성기 속에 말하는 개가 갇혀 있다고요! 제발 날 좀 꺼내 줘요!"

하지만 이미 시작된 드럼 연주 소리에 묻혀 셀비의 비명은 고작 쥐새끼가 찍찍거리는 소리로밖에 들리지 않았다.

"이 기계가 나를 죽이기 전에 부숴 버려야 해!"

셀비는 입으로 전깃줄을 마구 물어뜯기 시작했다. 상자 안에서 엄청난 불꽃이 튀었다.

"자, 됐다! 전깃줄을 몽땅 끊어 버렸으니, 이제 누군가 나를 꺼내 주기만 하면 돼."

미미는 잠시 소리도 나오지 않는 노래를 하더니, 확성기를 구둣발로 냅다 걷어찼다.

"이럴 거라고 했잖아! 완전 고물딱지야!"

미미는 울먹였다. 그러고는 소방용 도끼를 집어 머리 위로 치켜들었다. 확성기를 내리치기 일보 직전이었다.

"으악!"

셀비는 도끼를 보더니 말했다.

"이게 아닌데……. 빨리 어떻게든 하지 않으면 화가 머리 끝까지 난 미미가 도끼를 내리치고 말 거야!"

셀비는 재빨리 미미의 목소리를 흉내내어 〈불타
는 사랑〉을 목청껏 부르기 시작했다.

더 이상 널 위해 울지 않을래—.
내 사랑은 불타고 있어—.
너는 내 심장을 완전히 태워 버렸어—.
불타는 사랑! 예— 예—.
불타는 사랑— .

미미가 멍하니 확성기를 바라보는 사이, 셀비는
더욱 크게 노래를 불렀다.
"믿을 수 없어. 저 기계가 내 노래를 하고 있어!"
미미는 고개를 흔들며 말했다.
셀비가 노래를 마치자 우레와 같은 박수가 터져
나왔다. 감동한 셀비가 자기도 모르게 고개를 숙여
감사의 인사를 했다. 그 바람에 확성기가 무대 아
래, 컴컴한 관중석으로 굴러떨어져 부서지면서 뚜

껑이 열렸다.

슬램이 말했다.

"도저히 믿을 수가 없어. 내 '슈퍼 컴퓨터 초고음 귀청 관통 두개골 파괴 확성기'는 노래하는 것 빼고는 다 할 줄 안다고 생각했는데…… 그게 아니었어. 노래도 할 줄 알잖아!"

"그것도 아주 멋진 목소리로 말이지! 내가 들어도 정말 멋진 목소리였어."

셀비는 관중을 헤치고 출구로 달려가면서 말했다.

8. 모두 나 때문이야!

셀비는 죄책감이 들었다. 미친 듯이 시를 사랑하는 사람들이 낡은 저택 하나를 완전히 망가뜨렸는데, 그것이 다 자기 탓이었다는 것을 깨달은 개가 느낄 법한 그런 죄책감이었다. 셀비가 그런 죄책감을 느끼는 이유는, 미친 듯이 시를 사랑하는 사람들이 낡은 저택 하나를 완전히 망가뜨린 일이 정말 있었는데, 그게 모두 셀비의 탓이었기 때문이다.

'나는 사랑받을 자격이 없어.'

셀비는 트라이플 박사 부부를 바라보며 생각했다.

‘따뜻하고 좋은 분들인데, 나는…… 정말……. 내가 한 짓을 알면 절대 나를 용서하지 않으실 거야.’

셀비는 카펫 위에 웅크리고 앉아 앞발로 눈을 가리고는 그 전날, 그러니까 이 모든 일이 시작된 그날을 떠올렸다.

저녁 나절, 셀비는 트라이플 박사 부부와 함께 텔

레비전 앞에 앉아 〈죽은 시인들과 그들이 남긴 시〉라는 프로그램을 보고 있었다. 사회자인 말콤은 파도 타기 장소로 유명한 해안을 거닐며 시를 읊고 있었다. 생전에 파도 타기 광이었던 유명한 시인 클랜시의 「역류」라는 시였다.

파도여, 파도여
나는 잊지 않으리
언제 내가 그토록 젖었는지
나는 알지 못하리
나는 장담할 수 없으리
상어가 나를 집어삼키지 않으면
파도도 나를 집어삼키지 않으리라는 걸

"훌륭한데? 마지막 행만 아니라면. 않으리, 못하리, 없으리 하고 잘 나가다가 '않으리'에 '라는 걸'이 왜 붙어? 다른 행하고 운이 안 맞잖아. 무슨 시가 저렇지, 여보?"

트라이플 박사가 말했다.

"요즘 시들은 다 그래요. 쓰기가 훨씬 쉽잖아요."

트라이플 부인이 말했다.

'제 의견을 물어보신다면…… 아주 끔찍하네요!'

셀비는 생각했다. 물론 아무도 셀비의 의견을 물어보지는 않았다.

"다음으로는 그리 유명하진 않지만, 역시 고인이 된 시인 존스를 소개합니다."

말콤이 이번엔 말라붙은 강 바닥에서 말에 올라탄 채 말했다. 말은 제자리를 빙빙 돌고 있었고, 그 와중에도 말콤은 카메라에 눈을 맞추느라 정신이 없었다.

"존스가 살았던 시대에는 반드시 운을 맞추어 시를 지었습니다. 그는 평생 동안 오지를 방황하며 살았는데, 가끔 목동들이 야영하는 곳에 나타나 차 한 잔을 얻어 마시며 시를 읊조리고 사라지곤 했답니다."

말콤이 타고 있던 말이 잠깐 어디론가 달려가더니

곧 다시 카메라 앞으로 돌아왔다.

"존스는 많은 시를 지었습니다."

말콤은 약간 고통스러운 듯이 말을 이었다.

"하지만 모두 없어지고 단 한 작품만 남았지요. 그것은 바로 그의 방황에 마침표를 찍은 비극적인 사고에 대해 읊은 시입니다. 시는 이렇게 시작하지요."

나는 은빛 평야를 달리고
해는 지팡이 위에 지고
초원을 지나 가시밭길을 달렸네
그리고 아! 말에서 떨어졌네

"그리 좋은 시는 아니네요."

트라이플 부인이 말했다.

"그렇게 유명한 시인은 아니라잖아. 그래도 클랜시보다는 나은 시인이라구. 비록 남겨진 시는 하나밖에 없지만."

트라이플 박사가 말했다.

"존스가 죽기 전 행적에 대해서는 알려진 것이 거의 없습니다."

말이 다시 빙빙 돌기 시작하자 말콤은 고개를 어깨 뒤로 돌린 채 말하고 있었다.

"우리가 알고 있는 유일한 것은 마지막 몇 해를 이 집에서 보냈다는 것입니다."

말콤은 오래된 집을 찍은 사진을 보여 주었다.

"이 집이 어디에 있는지는 우리도 모릅니다. 매우 슬픈 일이지요. 왜냐하면 아직까지 발견되지 않은 존스의 작품들이 분명 이 집 어딘가에 숨겨져 있을 테니까요."

'이제 곧 사고가 나겠군.'

셀비가 생각하는 순간, 말이 급기야 말콤을 강 바닥에 내동댕이쳤다. 바로 그 때 말콤의 사진이 셀비의 눈에 들어왔다.

'잠깐! 멍청한 망아지 녀석아, 잠깐 멈춰 봐! 저 집은 바로 이 동네에 있는 집이잖아. 저 우스꽝스러운

굴뚝을 보면 한눈에 알 수 있어.'

셀비는 '스포츠 센터'라고 쓰여 있던 트라이플 부인의 서류철에서 그 집 사진을 봤던 기억이 났다.

'요 앞길 끄트머리의 빈 집이 틀림없어. 시의회에서 그 집을 스포츠 센터로 만들 계획을 세우고 있다구.'

한 시간 뒤 트라이플 박사 부부가 산책하러 나간 틈을 타서 셀비는 말콤에게 전화를 했다.

"말콤 씨, 오늘 프로그램 잘 봤어요. 그런데 시인 존스의 집이 어딘지 알고 있어서 전화했어요. 그 사진을 보니, 우리 집 앞길 맨 끝의 오른쪽 빈 집이더라구요. 기가 막힌 정보죠? 그런데 상품은 뭐죠?"

"상품이 있다고 누가 그러던가요?"

말콤은 기분 나쁘게 물었다.

"흠…… 글쎄요."

셀비는 기분 상하지 않으려고 애쓰면서 말했다.

"내가 그 집이 어딘지 알려 주면, 당신은 존스의 원고를 찾아 부자가 될 수 있잖아요. 그러니 보상을 받는 게 당연하죠."

"원고는 금전적인 가치가 전혀 없어요. 나는 다만 작품의 '예술적인 가치'를 말한 것뿐이에요."

말콤이 말했다.

"뭐 그렇다면 내가 직접 찾아보죠. 그리고 그 '예술적인 가치'가 있는 원고는 내가 보관하죠. 안녕히 계세요."

말은 그렇게 했지만 셀비는 자신의 앞발로는 원고를 찾기 위해 바닥이나 벽을 뜯어 낼 수 없다는 것을 잘 알고 있었다.

"잠깐만요. 잠깐, 끊지 마세요. 알았어요, 상품이 있는지 알아볼게요. 이름과 주소를 알려 주시면, 뭔가 보상이 될 만한 걸 보내 드리죠."

"상품은 트라이플 박사 앞으로 보내 주세요. 보거스 마을의 번야번야 가예요. 전화번호는……."

"그러니까, 존스의 집이 보거스 마을 번야번야 가의 맨 끝에 있다는 거군요!"

말콤이 흥분해서 말했다.

"그렇게는 말하지 않았는데요."

"아니요, 그렇게 말했어요. 존스의 집이 당신 집 앞길의 맨 끝에 있다고 얘기했잖아요. 그리고 당신이 번야번야 가에 살고 있다고 했고요. 당신은 그 집이 빈 집이라고도 말했죠. 눈 감고도 찾아가겠군요. 그럼 바보 양반, 안녕! 내가 존스의 원고를 찾아낼 겁니다."

"나를 속였군요."

셸비는 정말 눈을 감고도 찾아갈 수 있을까 궁금해하며 말했다.

"흥! 하지만 나도 어떻게 해야 할지 알고 있다구! 해가 뜨자마자 당장 그 집으로 달려가 원고를 찾을 거야. 말콤이 오려면 시간이 걸릴 테니 내가 먼저 찾아 낼 수 있어."

다음 날 아침 일찍 셸비는 존스의 집으로 갔지만, 이미 꽝꽝거리는 망치 소리와 뜯고 부수는 소리가 요란하게 울려 퍼지고 있었다. 안에는 한 무리의 사람들이 낡은 집을 헤집으며 원고를 찾고 있었다.

'이런……. 저 사람들이 새 스포츠 센터를 다 부수고 있잖아.'

셀비는 자신도 모르게 냅다 소리를 질렀다.

"당장 멈춰요! 이 해괴망측한 짓을 당장 그만두라구요!"

갑자기 망치질 소리와 뜯고 부수는 소리가 뚝 그쳤다. 그리고 말콤이 창문 밖으로 머리를 내밀었다.

"대체 누구야?"

얼굴이 시뻘게진 개 한 마리 말고는 아무도 보이지 않자 말콤이 다시 말했다.

"아무것도 아니에요. 모두 다시 시작해요."

"아줌마가 화내실 거야. 저 일을 당장 멈추게 해야 해. 말을 해서라도……, 내 비밀이…… 꿀꺽! 알려지는 한이 있더라도."

그러나 바로 그 때 '꽝' 하는 엄청난 소리가 나더니 지붕이 내려앉기 시작했다.

"모두 밖으로!"

말콤이 소리쳤고, 시를 사랑하는 모든 사람들이

창문과 벽에 낸 구멍으로 뛰쳐나왔다. 곧 마지막 판자가 떨어지면서 집은 폐허가 되었다.

말콤은 눈물을 글썽이며 말했다.

"다 찾아보았는데……. 벽 속에도, 천장 안에도 원고가 없어. 바닥도 다 뜯고, 먼지투성이 지하실까지 샅샅이 뒤졌는데……. '없어진 원고'는 여전히 '없어진 원고' 그대로야."

"없어진 게 또 있어."

셀비는 터벅터벅 집으로 걸어가며 말했다.

"다 내 잘못이야. 나 때문에 스포츠 센터가 없어졌잖아. 나는 박사님이나 아줌마처럼 좋은 사람들하고 살 자격이 없어. 그럴 가치가 없지. 오늘 무슨 일이 일어났는지 말씀 드려야겠어. 말하는 개가 되어 평생 하인으로 일하다 해도 상관없어. 그래도 나는 할 말 없어."

셀비는 죄책감에 사로잡혀 카펫 위에 누워서 트라이플 박사 부부를 올려다보고 있었다. 부인은 시인 존스의 집 사진을 들여다보고 있었다. 셸비는 이렇게 말할 참이었다. "좋아요. 이제 더 이상 못 참겠어요. 존스의 집을 무너뜨린 정말 형편 없는 개지만, 저는 사람처럼 말을 할 수 있답니다."라고.

그 때 트라이플 부인이 말했다.

"섭섭해요. 우스꽝스러운 굴뚝을 가진 마지막 집이었는데 말이에요. 그 집마저 사라지다니. 백 년 전만 해도, 시골 집들은 다 저런 굴뚝이 있었다잖아요."

'이럴 수가! 나는 그 굴뚝을 보고 존스의 집이라고 생각한 건데. 윽, 이제 보니 옛날에는 그런 굴뚝이 많았구나! 이렇게 일이 꼬이다니……'

셸비는 생각했다.

"어차피 없어질 집이었잖아. 새로 스포츠 센터를 지으려고 했으니까. 돈도 안 들이고 집을 허물었으니, 오히려 고마운 일이지."

트라이플 박사가 말했다.

"그건 그래요."

트라이플 부인은 셀비의 귀가 쫑긋하는 것을 알아
채지 못했다.

"말콤이 우리를 이렇게 도와주다니 얼마나 고마
운지 모르겠어요. 왜 그런 일을 해 주었는지는 모르
지만, 센터 이름을 '말콤 스포츠 센터'로 하면 어떨
지 시의회에서 상의해야겠어요."

"그거 좋은 생각이군."

트라이플 박사가 말했다.

"인생은 불공평하다니까."

셀비는 저녁 산책을 나서며 중얼거렸다.

"그 스포츠 센터 이름은 내 이름을 따서 지어야
해. 암, 셀비 스포츠 센터. 듣기에도 훨씬 좋잖아!"

9. 혜성처럼 나타난 셀비

“별이 초고속으로 움직이고 있어! 화성을 맴돌다 떨어진 하이디 혜성의 조각이 틀림없어. 망원경에 먼지가 낀 게 아니라면 말이야. 자, 봐!”

트라이플 박사의 오랜 친구이자 아마추어 천문학자인 퍼시 피치 씨가, 박사의 차고 지붕에 커다란 구멍을 뚫고 설치한 ‘울트라 슈퍼 쌍방향 망원경’을 들여다보며 말했다.

“나한테 보여 줘 봤자 소용없어.”

트라이플 박사는 의자에 앉아 꾸벅꾸벅 졸며 말했

다. 박사는 도대체 천문학자들이 어떻게 밤을 꼬박 새면서 별을 연구하는지 궁금할 뿐이었다.

"저 멍청이 같은 망원경을 뭐 하러 설치했지? 아무리 봐도 내 속눈썹밖에 보이질 않으니, 원. 하늘에 온통 깜박이는 속눈썹뿐이잖아."

트라이플 박사가 중얼거렸다.

"시리우스 알지? 큰개자리에서 가장 빛나는 멍멍이 별 말이야. 하이디 혜성 조각이 지금 그 근처에 있어. 어느 쪽으로 가고 있는지 계산해 봐야겠어."

볼펜과 계산기를 싫어하는 피치 씨는 종이와 잉크와 깃털 펜을 꺼내더니 엄청나게 빠른 속도로 깨알 같은 글자와 숫자들을 줄줄 써 내려갔다. 그러더니 셀비가 자고 있는 바닥으로 종이를 던져 버렸다.

"이런, 이런! 우리의 새로운 혜성이 별볼일 없이 우주로 사라질 것 같군. 다른 혜성들처럼, 대기 속에서 부서지면서 아름다운 광선도 만들고 불꽃놀이처럼 밤하늘을 멋지게 수놓길 바랐는데. 내 계산이 맞는지 자네가 확인 좀 해 주려나? 나는 지붕에 올라가 망원경에 혹시 먼지가 끼었는지 봐야겠네.”

피치 씨가 졸고 있는 트라이플 박사에게 말했다.

그 때 셀비가 기지개를 켜며 일어났다. 트라이플 박사는 의자에서 곯아떨어져 있었다. 피치 씨가 밖으로 나가는 것을 확인한 뒤 셀비는 말했다.

“불쌍한 트라이플 박사님! 박사님은 더 주무셔야 돼. 피치 아저씨 때문에 박사님이 늦게까지 잠을 못 주무시잖아. 건강에 좋지 않아. 그건 그렇고……. 아싸! 드디어 새 망원경을 볼 수 있겠구나.”

셀비는 망원경으로 달려갔다. 속눈썹은 보이지 않았다. 셀비에겐 속눈썹이 없었으니까. 그 대신 영화 〈우주의 반란〉에서 본 괴물처럼 생긴, 엄청나게 큰 머리가 보였다.

“으어—억!”

셀비는 피치 씨의 얼굴을 보고 놀라 소리쳤다.

“으아—악!”

피치 씨도 자신을 들여다보는 셀비의 작은 눈을 보고 놀라 소리쳤다.

피치 씨가 망원경에 먼지가 끼었는지 보고 있는 중이란 걸 깨닫기도 전에 셀비는 뒤로 벌렁 넘어졌고, 그 바람에 잉크를 엎지르고 말았다. 그 정도에서 그쳤으면 좋았으련만, 하필 잉크가 셀비의 발톱에 묻고 말았다.

피치 씨와 셀비의 비명 소리에 놀라 잠이 깬 트라이플 박사가 무슨 일인가 하고 두리번거리자 피치 씨가 말했다.

"자네 때문에 깜짝 놀랐잖아! 망원경에서 자네 눈을 봤어. 괴물인 줄 알았다고!"

"내가 괴물이라고?"

아직 뭐가 뭔지 모르는 트라이플 박사가 묻자 피치 씨는 흩어진 종이들을 마구 모아서 박사의 손에 쥐어 주며 말했다.

"당연히 자네는 괴물이 아니지. 바보같이 굴지 좀 마. 망원경에 먼지 같은 건 없어. 이제 결론은 하나야."

"뭔데?"

트라이플 박사가 눈을 비비며 물었다. 그러나 오랜 친구인 피치 씨의 말에 신경 쓰는 것 같지는 않았다.

피치 씨가 대답했다.

"하이디 혜성에서 떨어져 나온 조각이 새로운 혜성이 된 거야. 자네 지금 내 말 안 듣고 있는 거지? 그만 하세. 내가 계산한 게 맞는지나 한번 봐 줘. 내가 계산한 대로 지구를 비켜 지나가는지 말이야."

박사는 깨알 같은 글자들과 숫자들을 훑어보았다.

"아! 여기를 잘못 계산했군그래. 마지막에서 두 번째 페이지의 숫자를 하나 빠뜨렸나 봐."

트라이플 박사는 마치 개의 발톱같이 생긴 숫자 1을 가리키며 말했다.

"음, 다시 계산해 보니까…… 이 작은 혜성은 지구로 곧장 떨어질 거야!"

트라이플 박사는 급하게 계산기를 두드렸다.

"뿐만 아니라, 바로 여기 보거스 마을로 떨어질

거야! 불꽃놀이 할 때처럼 밤하늘을 환하게 비추겠는걸?"

피치 씨는 아까 보지 못했던 숫자 1을 바라보며, 그리고 그 숫자가 마치 잉크 묻은 개의 발톱 자국 같다고 생각하며 말했다.

"와우! 여긴 혜성을 관찰하기에 완벽한 자리야. 지구상에서 여기만큼 잘 보이는 곳은 없을걸? 아마 우리 이름을 따서 그 혜성의 이름을 붙여야 할 거야. 피치-트라이플 혜성! 시간이 없어! 렌즈가 두 개니까 자네는 이쪽을 보게, 나는 이쪽을 볼 테니. 날이 밝기 전에 혜성은 이 곳으로 올 거고, 우리는 곧 유명해질 거야!"

셀비는 차고를 나와 숨어 있기에 가장 좋은 장소인 정원 창고로 가며 말했다.

"이런! 불쌍한 트라이플 박사님이 지구로 오지도 않을 혜성을 보기 위해 밤을 꼴딱 새우게 생겼네. 모두 내 발톱에 잉크가 묻어서 생긴 일이야. 오, 어떡해……. 그냥 모든 것을 잊어버리고 주무시면 얼마나 좋아! 박사님을 위해 뭔가를 생각해 내야 해. 머릿속에 멋진 아이디어가 팡팡 떠오르면 좋을 텐데! 음……."

셀비는 정원 창고의 구멍으로 들어갔다.

"아! 생각났다! 생각났어!"

머릿속에 멋진 아이디어가 팡팡 떠오르자 셀비가 소리쳤다. 그리고 선반에 있는 상자를 하나하나 열더니 마침내 '불꽃놀이 하고 남은 폭죽'이라고 쓰여 있는 상자를 찾아 냈다.

"피치-트라이플 혜성을 찾았다!"

셀비가 상자에서 폭죽을 하나 꺼내 들고 말했다.

셀비는 조용히 차고 위로 올라갔다. 부서진 지붕 틈 사이로 두 남자가 울트라 슈퍼 쌍방향 망원경의 양쪽 렌즈에 눈을 대고 하늘을 올려다보고 있는 모습이 보였다.

"이제 할 일은, 불을 붙인 폭죽을 입에 물고 마치 혜성처럼 망원경 앞으로 튀어 오르는 거야!"

셀비는 말했다. 그리고 완벽하게 해냈다. 혜성이

날아가는 모습 그대로였다.

"바로 저거야! 봤어? 봤냐구!"

피치 씨가 소리질렀다.

"미안해. 나는 속눈썹밖에 못 봤어."

트라이플 박사가 졸린 듯이 말했다.

"하지만 내가 봤으니 됐어. 이 혜성은 내 이름을 따서 붙여야겠는걸. 너무 멋져! 그런데 말이야……."

피치 씨는 천문학자들이 생각할 때 그러는 것처럼 머리를 긁적이더니 말했다.

"피치 혜성에 뭔가 이상한 점이 있어."

"뭔데?"

트라이플 박사가 물었다.

"하늘에 줄무늬를 만드는 건 다른 혜성과 같은데, 언뜻 뭔가 다른 것도 있었던 것 같아. 잘못 본 게 아니라면…… 희미한 개 얼굴 같기도 하고……."

"멍멍이 별 시리우스?"

"시리우스는 움직이지 않아. 지금 새로운 혜성을 발견했다니까, 왜 딴소리야?"

하지만 졸음에 겨워 눈이 반쯤 감긴 트라이플 박사는 침대로 향했다.

'멍멍이 별이라……. 뭐, 틀린 소리도 아니네.'

셸비도 역시 잠을 자려고 몸을 웅크리며 생각했다.

10. 다이아몬드의 저주

　세계적으로 유명한 오페라 가수 릴리가 값비싼 보석을 주렁주렁 달고 보거스 마을에 오던 날 밤, 시민회관에서는 환영 만찬이 열렸다. 보거스 마을 사람들은 한 사람도 빠짐 없이 다 모였다. 그 중에는 릴리의 노래나 인생 이야기를 듣기 위해 온 사람도 있었지만, 대부분은 사실 오페라에는 관심도 없는 사람들이었다. 보거스 마을 사람들은 거의 다, 기타 반주에 맞춰 노래하는 가수가 아니면 가수로 생각하지도 않았다. 사람들이 모인 진짜 목적은 그 위대

한 가수가 목에 걸고 있는, 세계에서 가장 큰 다이아몬드 '라티도의 별'을 보기 위해서였다.

그 날은 일 년 중 가장 무더운 밤이었다. 셸비는 그냥 집에서 좋아하는 연속극 〈키글리의 탐정 수첩〉이나 볼 생각이었다. 하지만 한편으로는 번쩍이는 다이아몬드를 보고 싶은 마음도 간절했다.

"라티도의 별에 저주가 깃들어 있다는 게 사실일까요?"

트라이플 부인은 오렌지 주스 잔에 얼음 조각을 잔뜩 채워 넣으며 릴리에게 물었다. 그러는 통에 얼음 조각 몇 개가 바닥에 떨어졌다.

릴리는 노래하는 듯한 목소리로 대답했다.

"그 동안 이 보석을 거쳐 간 주인들에게 일어난 일들을 보면 그런 말이 나올 만도 하죠. 이 보석은 처음 아프리카의 한 탐험가가 발견했답니다. 그런데 그 탐험가는 이 보석에 걸려 넘어져서 발가락이 부러졌대요. 그래서 의사가 왔는데, 엉뚱한 약을 주는 바람에 죽고 말았어요. 그렇지만 의사는 치료비

대신 그 보석을 받아 큰 부자가 되었답니다. 그런데 그 의사 역시 몇 년 뒤 런던에서 자신의 리무진에 치여 죽었지요. 리무진을 몰던 운전 기사는 몹시 슬퍼했어요. 하지만 그 보석을 물려받게 되었고, 잠깐 동안 아주 큰 부자로 살았죠.”

“그 뒤에 어떻게 되었나요?”

“운전 기사와 그의 가족들은 어느 해변에서 요트가 가라앉는 바람에 모두 빠져 죽고 말았어요.”

“정말 으스스하네요.”

“그래요. 요트에 타고 있던 선원 한 사람만 구명보트를 타고 겨우 살아 남았죠. 끔찍한 폭풍우가 있었다더군요. 그 사람이 라티도의 별을 건져 온 거예요.”

“그럼 당신이 그 사람에게서 라티도의 별을 샀나요?”

“아니에요. 그 사람과 결혼했어요. 나의 첫 남편이었어요. 사실 난 보석이 저주에 걸렸다는 걸 믿지 않아요. 그저 전 주인들이 지독히도 운이 없었던 사람들이라고 생각하죠."

'운이 나빠서만은 아닌 것 같은데……. 하지만 정말 아름다운 다이아몬드로군! 수천 가지 색깔로 반짝거리고 있어.'

셀비는 바닥에 떨어져 있는 얼음 조각을 입에 넣으며 생각했다.

"제 생각으론 라티도의 별이 어떤 마법의 힘을 갖고 있는 것 같아요."

릴리가 말했다.

"마법의 힘이라고요?"

트라이플 부인이 물었다.

"네. 이 보석은 생각할 줄 알아요. 내가 두 번이나 이 보석을 잃어버렸는데, 그 때마다 보석은 내게 자기가 어디 있는지 가르쳐 줬어요. 느낌으로요."

'보석이 생각할 줄 안다고? 저렇게 엉뚱한 사람들이 꼭 있단 말이야.'

셀비는 바닥에 떨어진 얼음 조각 하나를 또 입에 넣으며 생각했다.

"보험은 들었나요? 혹시 잃어버리거나, 도둑맞았을 때를 대비해서 말이죠."

트라이플 박사가 땀이 흐르는 이마를 얼음으로 문지르며 물었다.

"아뇨, 들지 못했어요. 이 보석은 수천억 달러의 값어치가 있어요. 어떤 곳에서도 보험 가입을 받아 주지 않아요. 웬만한 보험 회사보다도 비싸니까요. 대신 경호원들이 있어요. 경호원들이 매일매일, 순간순간 철저히 지킨답니다."

"이상하네요. 난 경호원들을 못 봤는데."

트라이플 부인이 말하자, 릴리가 주위를 둘러보며 대꾸했다.

"이 사람들이 다 어디로 갔지? 이렇게 작은 마을에서 도둑 걱정은 안 해도 되겠죠? 하하하."

셀비는 얼음 조각을 하나 더 입에 넣으며 수많은 사람들의 다리 사이로 주위를 둘러보았다. 하지만 보거스 마을 사람들밖에는 보이지 않았다. 셀비는 〈키글리의 탐정 수첩〉 가운데 '평화로운 마을' 편에서 탐정이 한 말을 흉내내며 중얼거렸다.

"오, 내게 평화로운 마을을 보여 다오. 나는 언제 범죄가 일어날지 모르는 마을을 보여 주마."

바로 그 때, 셀비는 양복 입은 낯선 사람 두 명이 오페라 가수 릴리에게 다가가는 것을 보았다.

"비켜요!"

그 중 한 사람이 앞으로 나오며 말했다.

셀비는 얼음을 빨다 말고 그 남자를 바라보았다. 셀비는 그 사람의 불룩 튀어나온 코트 속에 분명 권총이 감춰져 있을 거라고 생각했다.

'큰일이다! 바로 이거야. 지금 막 범죄가 일어나려 하고 있어. 저들은 분명 국제 보석 도둑일 거야. 경호원들을 뒷방 구석 어딘가에 묶어 놓고 라티도의 별을 훔치려는 거겠지! 저 사람들을 막아야 해!'

낯선 사람 둘은 점점 가까이 다가갔다. 셀비는, '스파이를 찾아라' 편에서 키글리 탐정이 곳곳에 매복해 있는 스파이들을 지혜롭게 소탕하던 모습을 떠올렸다. 셀비는 곧장 전등 스위치로 달려갔다. 방

안은 온통 암흑이 되었다.

"움직이지 마!"

그들 중 한 사람이 소리치고는 천장을 향해 총을 쐈다. 사람들은 재빨리 사방으로 도망쳤다.

"저 놈들은 보석을 훔치러 온 거야!"

셸비는 커다란 목소리로 소리치며 방 안을 가로질러 릴리에게 다가갔다. 어둠 속에서 이리저리 부딪치는 바람에, 셸비는 서 있는 사람들을 죄다 넘어뜨리고 말았다. 셸비가 소리쳤다.

"릴리! 다이아몬드를 숨겨요. 빨리요!"

릴리를 찾느라 마구 뛰어다니던 셸비는 마침내, 한 줄기 달빛이 릴리의 목에서 반짝이고 있는 라티도의 별을 비추는 것을 보았다. 셸비는 '다이아몬드를 훔치는 개' 편에서 나쁜 놈이 개를 보석 도둑으로 훈련시키는 장면을 떠올리고는 껑충 뛰어 라티도의 별을 낚아챘다. 그리고 공중으로 높이 던졌다.

셸비가 바닥에 머리를 꽝 부딪치며 떨어졌을 때 불이 들어왔다.

"없어졌어요! 다이아몬드가 없어졌어요."

릴리가 높은 소프라노 목소리로 울부짖었다.

"이 개가 물고 갔어요!"

그 낯선 남자들 중 한 사람이 셀비에게 달려들어 억지로 입을 벌렸다. 그들은 릴리의 경호원이었는데, 〈키글리의 탐정 수첩〉을 보러 몰래 나갔다가 텔레비전을 못 찾고 돌아왔던 것이다.

"이 개가 삼켜 버렸어. 〈키글리의 탐정 수첩〉에 나온 '다이아몬드를 훔치는 개'랑 똑같아. 보석을 되찾지 못하면 우리는 끝장이야!"

"너희는 이제 끝장이야!"

릴리가 외쳤다.

"기다리면 언젠가는 몸 밖으로 나올 거예요."

경호원 중 한 명이 떨어질 때의 충격으로 아직도 정신을 못 차리고 있는 셸비를 보며 말했다.

"기다릴 수 없어! 다이아몬드가 뱃속에 있는지 지금 확인해야 해."

또다른 경호원이 식탁에 있던 케이크 자르는 칼을 셸비의 배 위로 가져오며 말했다.

'안 돼! 그럴 순 없어!'

셸비는 점점 가까워지는 칼을 보며 자기가 얼마나 끔찍한 실수를 저질렀는지 깨달았다.

'으윽, 이럴 수가! 말을 하는 수밖에 없겠어. 그러면 내 비밀이 탄로나는데! 하지만……'

그 때였다. 셸비가 막 말을 하려는 순간, 트라이플 부인이 갑자기 앞으로 나섰다. 부인은 경호원에게서 셸비를 빼앗으며 말했다.

"어서 손 떼지 못해요? 이 개는 아무 잘못이 없어

요. 그냥 실수로 일어난 일이란 말이에요! 다이아몬
드는 틀림없이 바닥 어딘가에 얼음 조각들이랑 뒤
섞여 있을 거예요!"

말이 떨어지기 무섭게 손님들은 미친 듯이 다이아
몬드를 찾기 시작했다. 사방에 떨어진 얼음 조각들
을 하나하나 만져 보고, 얼음이란 걸 알고 난 뒤에
는 어깨 너머로 얼음을 던져 버리는 통에 방 안은
마치 우박이라도 내리고 있는 듯했다.

"모두 멈추세요!"

릴리가 소리쳤다. 얼음 조각들은 사람들의 손길
에 다 녹아 버렸고, 다이아몬드는 어디에도 없었다.

"느낌이 와요! 라티도의 별이 지금 어디 있는지
내게 알려 주고 있어요. 그래요, 저 위에 있는 것 같
아요!"

릴리는 샹들리에를 가리키며 말했다.

경호원들은 테이블 위로 올라가서 샹들리에의 작
은 유리 조각들을 떼어 사방으로 던지기 시작했다.
나중에는 가느다란 금줄에 매달려 있는 다이아몬드

만이 남게 되었다.

릴리가 보석을 낚아채 재빨리 목에 걸며 말했다.

"오우, 내 다이아몬드! 위험을 감지한 라티도의 별이 샹들리에 위로 뛰어올라 안전하게 숨어 있었던 거예요. 보세요, 이 보석은 생각할 줄 안다니까요."

셀비는 그 틈을 타 얼른 시민회관을 빠져나왔다.

"여기서 나가야겠어. 또다시 나에게 불똥이 튀기 전에."

〈키글리의 탐정 수첩〉의 마지막 장면이라도 보려고 집으로 달려가는 셀비의 얼굴은 창피함으로 벌겋게 달아올라 있었다.

11. 건강식도 좋지만

셀비는 배가 고파 죽을 지경이었다.

"셀비가 이틀 동안 아무것도 안 먹었어요. 정말 걱정이에요."

트라이플 부인이 셀비의 밥그릇에 뼈다귀 비스킷 두 개와 고깃덩어리를 놓으며 남편에게 말했다.

'제발 내 걱정은 안 하셨으면 좋겠는데…….'

셀비는 트라이플 박사가 시청에 걸어 둘 부인의 초상화를 그리고 있는 것을 보며 생각했다.

"너무 걱정하지 말자고. 그저 배가 안 고픈 게지.

아무 일도 아닐 거야. 몸무게가 줄면 차라리 잘 된 거잖아."

박사가 긴 붓으로 초상화의 눈 부분을 가볍게 두드리면서 말했다.

"당신 말이 맞는 것 같아요. 예전에도 그런 적이 있었죠. 작년 내 생일 때였나? 그리고 재작년 생일에도요."

"그러고 보니, 거 참 이상하네……. 당신 생일 때마다 스파이스에서 음식을 시켜 먹었잖소. 오늘도 그럴 테고. 그리고 그 식당에서 음식을 시켜 먹을 때마다 셀비에게 땅콩 소스 범벅 새우를 시켜 주었지. 셀비가 그걸 무척 좋아하니까. 오늘도 그건 먹을 테니 두고 봅시다."

스파이스는 트라이플 박사 부부의 단골 고급 식당이었다.

"아무래도…… 일부러 안 먹는 것 같아요. 오늘 땅콩 소스 범벅 새우를 먹는 줄 알고, 더 맛있게 먹으려고 말이에요."

트라이플 부인이 남편의 어깨 너머로 자신의 초상
화를 보며 말했다.

'당연하죠! 일 년 동안 먹는 것 중에 먹을 만한 건
그것밖에 없다구요.'

셀비는 자기 밥그릇에 있는 것들을 보지 않으려고
눈을 질끈 감은 채 속으로 말했다.

"이런! 내 눈이 사팔뜨기예요."

그 때 부인이 느닷없이 말했다.

"괜찮아. 난 당신의 모습 그대로가 좋으니까."

박사가 부인의 말을 제대로 이해하지 못하고 말했
다.

"진짜 내 눈을 말하는 게 아니에요. 으이구……."

"아니라고?"

"당연히 아니죠. 당신 그림 말이에요. 눈동자가
가운데로 몰렸잖아요."

"이런, 정말이네."

박사가 말했다. 그러고는 얼른 지우고 새로 그렸
는데, 이번에는 두 눈이 서로 다른 방향을 보고 있

었다.

"이번에도 이상해요."

"차라리 선글라스 쓴 모습을 그릴걸."

박사는 그림을 지우고 새로 그렸지만 또다시 사팔 뜨기가 되고 말았다.

"하지만 좀 이상하겠지? 시청에 걸려 있는 역대 시장들의 초상화 중에 당신만 선글라스를 끼고 있으면 말이야."

"그런데 스파이스에 가서 음식을 찾아 올 시간이 되지 않았나요? 그림은 내일 또 그리면 되잖아요."

부인이 말했다.

한 시간쯤 뒤, 트라이플 박사 부부는 식탁에 앉아 식사를 막 시작하려는 참이었다. 식탁 위에는 스파이스에서 가져온 맛있는 음식들이 놓여 있었다. 망고 소스를 끼얹은 바비큐 굴 요리, 죽순 절임과 베이컨, 그리고 물론 셀비가 좋아하는 땅콩 소스 범벅 새우도 있었다.

그 때 갑자기 문 두드리는 소리가 들렸다.

"소니! 자네가 어쩐 일인가?"

트라이플 박사는 사촌 소니를 반기며 말했다.

"제3회 건강식 서적 박람회에서, 내가 쓴 『알고 먹는 자연 건강식』 출판 기념회가 있었거든요. 끝나고 집에 가는 길에 형님에게 건강식 좀 드리려고 잠깐 들렀어요."

소니가 들어오더니 음식이 든 봉지 하나를 식탁 위에 올려놓았다.

"지금 막 저녁을 먹으려던 참이에요. 함께 먹지 않을래요?"

트라이플 부인이 망고 소스를 얹은 바비큐 굴 요리를 포크로 집어 입으로 가져가며 말했다. 안 그래도 그럴 생각이었던 소니가 말했다.

"좋아요. 그런데, 잠깐만! 도대체 지금 먹고 있는 이 쓰레기 같은 음식들은 다 뭐예요?"

"으응, 이건……."

부인이 말하려고 하는 순간, 소니는 부인의 접시

를 빼앗아 손가락으로 음식을 헤집기 시작했다.

"이건 망고 소스를 얹은 바비큐 굴 요리 같네요!"

소니가 큰 소리로 말했다.

"맞아요. 좀 드실래요?"

"이렇게 건강에 안 좋은 것만 모아 놓은 요리는 처음 봐요!"

소니가 쓰레기통에 음식을 쏟아 부으며 말했다. 그러더니 이번엔 박사가 들고 있는 접시를 억지로 빼앗으며 물었다.

"그건 뭐예요?"

"이건……."

"이건 죽순 절임과 베이컨 같네요."

소니는 박사의 말을 가로막으며, 음식을 창 밖 화단에 쏟아 부었다.

"이건 음식이 아니라 비료예요! 이건 형수님이 먹으려던 것보다 더 해로워요."

"그렇지만……."

박사는 우물쭈물했다. 소니는 트라이플 박사의 접

시에 배아 밀*과 우유를 부으며 말했다.

"자, 이게 몸에 좋아요. 어서 드세요!"

소니는 부인의 접시에 요구르트와 건포도를 부으며 덧붙였다.

"보거스 마을의 기후는 건강에 썩 좋지 않아요. 그러니, 건강하게 오래 살고 싶으면 음식이라도 제대로 먹어야 한다는 걸 잊지 마세요."

"그, 그, 그렇지만……."

기분이 상한 부인이 말까지 더듬었다.

"거 봐요. 제가 제대로 찾아왔네요. 두 분은 지금 너무 몸이 약해져서 말까지 더듬고 있잖아요. 이런! 개한테 지금 뭘 먹이는 거예요?"

그 때 셀비는 도대체 자기 주인들한테는 왜 그렇게 이상한 친척들이 많은지를 생각하며, 땅콩 소스 범벅 새우를 막 한 입 먹으려는 참이었다. 그런데 소니가 갑자기 셀비의 그릇을 빼앗더니 쓰레기통에

---

* 씨눈을 떼지 않은 밀의 낟알.

부어 버리는 것이었다. 그러고는 셀비를 쳐다보며
말했다.

"이 개는 너무 살이 쪘어요. 며칠 동안 아예 굶기
는 게 좋겠군요. 자, 어서 드세요. 먹고 나서 같이 조
깅하러 갑시다."

그 날 밤 셀비는 모두 잠든 뒤에 혼자 꼬르륵거리
는 배를 움켜쥐고 있었다. 셀비는 땅콩 소스 범벅
새우는 물론이고 뼈다귀 비스킷까지도 그리워하며
말했다.

"아이구 배고파 죽겠네. 아무것도 안 먹고는 더
이상 참을 수가 없어. 저 괴짜가 빨리 가지 않으면
난 굶어 죽을 거야!"

갑자기 셀비의 머리에 작은 불이 반짝하고 들어
왔다.

"만일 소니가 아프면 어떻게 될까? 당장 짐을 싸
서, 기후가 좋은 자기 동네로 돌아가겠지? 그런데
저렇게 건강하니 어쩌지? 배아 밀과 요구르트를 먹
어서, 아마 150살까지도 끄떡없을 거야. 흠…… 그

럼 아프지는 않지만 아프다고 생각하게 하면 어떨
까?"

셀비는 소니의 책 『알고 먹는 자연 건강식』을 집
어서 '음식과 질병' 에 관한 부분을 펼쳤다. 그리고
반점, 부스럼, 종기에 대한 내용을 발견했다.

"어디 보자. 음, 코 옆에 반점이 생기는 증상이
라…… 음……."

셀비는 트라이플 박사의 물감을 움켜쥐고 소니가
자는 방으로 기어 들어갔다. 그리고 잠자고 있는 소
니의 코에 붓으로 크고 파란 반점을 세 개 그려 놓
았다.

다음 날 아침, 소니는 6시 정각에 트라이플 박사
부부를 깨웠다.

"저 갑니다. 새 책을 또 써야 하거든요. 그럼, 건
강하게 잘 지내세요."

"그, 그런데…… 잠깐만요……."

트라이플 부인이 소니를 붙들고 코에 난 반점을

거울로 보여 주며 말했다.

소니는 거울을 움켜쥐고 소리쳤다.

"오, 안 돼. 이럴 수가! 이건 바로 '삼반점 염증'인
가 하는 병의 첫 번째 증상이에요."

" '삼반점 염증'인가 뭔가가 나으려면 어떻게 해야
하는데?"

박사가 물었다.

"생야채와 휴식이죠. 아무래도 나을 때까지 몇 주
더 여기 있어야겠어요. 지금 떠났다가는 더 아플지

몰라요."

소니가 당근 한 무더기를 믹서에 넣으며 말했다.

'난 이제 죽었다. 괜히 얼굴에 반점은 그려 가지고, 가려는 사람을 도리어 붙잡았으니! 소니를 빨리 보내지 않으면 난 굶어 죽고 말 거야!'

셀비는 지진이라도 일어난 양 꼬르륵거리는 배를 움켜쥐며 생각했다. 그런데 갑자기 셀비의 머릿속에 또 하나의 불이 들어왔고, 이내 회심의 미소를 지었다.

'바로 그거야! 굶어 죽을 듯한 시늉을 하는 거야! 그럼 먹을 걸 주지 않을 수 없겠지?'

셀비는 혀를 잔뜩 내밀고는 비틀비틀 원을 돌다가 쓰러졌다.

"아이구! 셀비가 쓰러졌어요! 너무 굶었나 봐요!"

"말도 안 돼요. 셀비는 그냥 갑자기 잠이 든 거예요. 잠이 드는 것은 건강해지고 있다는 첫 번째 신호랍니다. 그냥 내버려 두면 곧 괜찮아질 거예요."

소니가 믹서에 우유를 붓고 스위치를 켜며 말했다.

바닥에 쓰러진 셸비는 고기와 소시지가 춤추는 환영을 보았다. 셸비는 작년 크리스마스 때 트라이플 부인이 만들어 준 멋진 저녁 식사를 생각했다. 그렇지만 무엇보다도 쓰레기통으로 들어가 버린 땅콩 소스 범벅 새우 요리가 가장 간절하게 생각났다.

한쪽 눈을 슬쩍 뜬 셸비는 부엌에 소니와 단둘이 있다는 것을 알았다. 또다시 무언가 머리를 스쳤다.

'더 이상 참을 수 없어! 저 미치광이가 내게 자꾸 이런 식으로 나온다면, 점심으로 다리를 물어뜯어 줄 테야.'

셸비는 펄쩍 뛰어 이빨을 드러내고는 소니의 털북숭이 다리를 향해 달려들었다. 순식간에 일어난 일에 깜짝 놀란 소니는 당근 밀크 쉐이크를 얼굴에 몽땅 쏟아 붓고 말았다. 소니는 소리쳤다.

"살려 줘요! 셸비가 미쳤어요. 날 물려고 해요!"

눈 깜짝할 사이에 트라이플 박사 부부가 부엌으로 뛰어들어왔지만, 셸비는 바닥에 얌전하게 누워 눈을 껌벅거리며 주위를 둘러보고 있을 뿐이었다.

"정말이에요. 셀비가 날 물려고 했어요!"

소니가 소리쳤다.

"말도 안 돼요. 셀비는 한 번도 사람을 문 적이 없어요. 전혀 셀비답지 않은 짓이죠."

트라이플 부인이 당근 밀크 쉐이크 때문에 코의 반점이 다 지워진 소니의 얼굴을 보며 말했다. 부인은 소니에게 거울을 건네며 소리쳤다.

"어머나, 얼굴 좀 보세요! 반점이 없어졌어요."

그 날 밤, 소니는 요란스럽게 자기 집으로 서둘러 돌아갔다. 트라이플 박사와 부인, 그리고 셀비는 다시 스파이스에서 시킨 환상적인 음식 앞에 둘러앉았다. 부인이 망고 소스를 얹은 바비큐 굴 요리 접시를 바라보며 말했다.

"건강식을 먹자는 소니 얘기가 틀린 건 아니에요. 그렇지만 가끔은 음식을 맛을 즐기기 위해서 먹을 수도 있는 거죠. 그렇지 않아요?"

"물론이지."

트라이플 박사도 죽순 절임과 베이컨을 포크로 찍

어 입으로 가져가며 말했다.

'물론이고말고요!'

셀비도 큰 소리로 외치고 싶었다. 하지만 다행히도 입에 땅콩 소스 범벅 새우가 가득 들어 있어 셀비는 말을 할 수 없었다.

12. 엉뚱한 우승

　보거스 마을에서는 해마다 애견 달리기 대회가 열린다. 올해도 그 날이 돌아왔다. 셀비는 마을의 모든 개들과 함께 달리기 대회의 출발점인 검붓 산으로 갔다.

　셀비는 주위의 다른 개들을 둘러보면서 생각했다.

　'달리기 대회라니……. 나처럼 느끼고 생각할 줄 아는 개가 할 일은 절대 아니지. 땀으로 목욕을 하고 온몸이 다 쑤실 텐데, 도대체 무엇 때문에 달려야 하는 거야? 작년에 우승한 롱다리 순경의 개 스

트릭은 우승 상품으로 탄 일 년 치 뼈다귀 비스킷을
아직도 다 못 먹었다고 하던데……. 설사 내가 우승
한다 해도, 별로 우승하고 싶지 않아. 그 맛없는 뼈
다귀 비스킷만 생각하면 구역질이 날 것 같아. 물론
시장님 댁 개로서의 사회적 책임이 있긴 하지. 내가
시합에 나가지 않으면 아줌마가 섭섭해하시겠지?
그렇지만 꼴찌를 한다고 언짢아하시지는 않을 거
야.'

"제자리!"

트라이플 부인이 한 손으로 권총을 들어올리며 말
했다. 또다른 손으로는 셀비의 머리를 토닥거리고
있었다.

"준비!"

'작년에 다른 개들은 모두 사냥개처럼 잽싸게 출
발했는데, 나만 혼자 어슬렁거리며 출발해서 아줌
마가 당황하셨을 거야. 오늘은 저 바위 모퉁이를 돌
때까지만이라도 다른 개들처럼 빨리 달려야지. 내
모습이 보이지 않게 되고 개 주인들이 도착 지점으

로 돌아가기 시작하면, 그 때부터 천천히 걸어가는
거야!'

셸비는 양 옆에 서 있는 개들을 바라보았다. 작년
에 우승한 스트릭과 양치기 개 해미시가 목에 맨 줄
이 끊어질 듯이 몸을 잔뜩 앞으로 내밀고 있었다.

"출발!"

트라이플 부인이 권총을 쏘며 외쳤다. 그 소리에
셸비와 모든 개들이 구름 같은 먼지를 일으키며 뛰
어나갔다.

셸비는 다른 개들보다 약간 뒤처져 뛰다가 바위
모퉁이를 돌자마자 재빨리 바위 그늘로 숨어들었다.

"안녕, 친구들!"

셸비는 두 발을 바위에 기대며 말했다. 그런데
그 때 갑자기 해미시가 거꾸로 돌아 달려오는 것이
었다.

'왜 저러지? 쟤가 방향 감각을 잃어버렸나?'

셸비는 생각했다.

해미시는 셸비를 향해 마구 짖으면서 발을 물어

대기 시작했다.

"야! 그만 해! 내가 무슨 길 잃은 양인 줄 알아?"

셀비는 해미시가 알아듣지 못한다는 걸 알면서도 소리쳤다. 해미시는 셀비의 발을 덥석 물었다. 셀비는 일어나 다른 개들을 쫓아 달려갔다.

"이 개가 완전히 미쳤군. 내가 길 잃은 멍청한 양인 줄 아나 봐! 아야! 넌 완전히 미쳤어! 그 동안 양들을 너무 많이 쫓아다녔어, 해미시! 그래서 네 머리가 이상해진 거야. 그만둬! 당장 그만두지 않으면 혼날 줄 알아! 빨리 내 곁에서 꺼져 버려, 이 네 발 달린 괴물아!"

마침 그 때 셀비는 해미시가 들어가기에는 작지만 자기라면 겨우 들어갈 수 있는 크기의 웜뱃* 굴을 발견했다. 셀비는 그 굴로 기어 들어가서 해미시가 자기를 포기할 때까지 잠시 기다렸다. 잠시 후 해미시가 다른 개들을 쫓아 뛰어가는 소리가 들렸다.

---

* 오소리와 비슷하게 생긴 동물로, 주로 오스트레일리아에서 볼 수 있다.

"지금이야말로 내가 기다리고 기다리던 산책 시간이야."

셀비는 천천히 걸었다. 이상하게 생긴 꽃의 냄새를 맡으면서 향기를 음미하기도 했다.

그 때 빗방울이 똑똑 떨어지기 시작했다. 방랑 시인 존스의 영감을 받은 셀비의 머릿속에 시 한 수가 떠올랐다.

오, 작은 빗방울들이여

그리고 큰 빗방울들이여

그대들은 나를 좋아하고

나 또한 그대들을 좋아한다오

그러나 곧 빗줄기가 거세지기 시작했다. 셀비가 보거스 마을 시냇가에 도착했을 때에는 졸졸거리던 시냇물이 콸콸콸 흐르는 강물로 변해 있었다. 시냇물 건너편에서는 달리기 시합을 하던 개들이 불어난 물 때문에 건너지도 못하고 짖고 있었다.

‘아, 안 돼. 설마 나한테 이 끔찍한 곳을 건너라고 할 사람은 없겠지. 다시 검붓 산으로 돌아가야겠어. 거기서 마을로 가는 차를 얻어 탈 수 있을지도 몰라.’

그렇게 생각하며 막 돌아가려는 순간, 셀비는 시내 한가운데서 개 짖는 소리를 들었다. 그리고 나뭇가지에 아슬아슬하게 매달려 있는 해미시를 발견했다. 해미시 주위를 에워싼 물은 점점 더 불어나고 있었다. 셀비는 그냥 돌아갈까도 생각해 봤지만, 곧 시장님의 개로서 옳지 못한 행동이라는 생각이 들었다.

‘해미시를 두고 그냥 갈 수는 없어. 내가 저 버드나무에 올라가서 가지 끝으로 기어갈 수 있을까? 에이, 한번 해 보는 거야.’

셀비는 낮은 나뭇가지로 뛰어올라가서 해미시가 매달려 있는 시냇물 쪽으로 줄기를 따라 기어갔다. 그리고 앞발로 가지에 매달려 길 잃은 양치기 개 해미시에게 꼬리를 뻗었다.

“침착해야 해.”

셀비는 침착해지려고 노력하면서 말했다.

“구해 줄 테니까 내 꼬리를 꽉 잡아.”

해미시는 길게 울부짖더니, 이빨로 셀비의 꼬리를 꽉 물었다.

“아야—!”

셀비는 비명을 지르며 나뭇가지를 놓치고 물에 빠지고 말았다. 해미시는 여전히 꼬리를 물고 놓을 생각을 하지 않았다.

“이거 놔, 이 바보야! 이거 놓으란 말이야!”

셀비와 해미시는 흙탕물 속에서 허우적거리며 물살에 휩쓸려 갔다. 셀비는 몇 번이고 떠내려오는 통나무와 나뭇가지를 붙잡았다. 하지만 그 때마다 번번이 해미시의 무게 때문에 나뭇가지를 놓치고 다시 물결에 휩쓸려 내려갔다.

‘이제 물에 빠져 죽는구나.’라고 생각한 순간, 셀비는 큰 나뭇가지를 붙잡고 겨우 물 밖으로 나올 수 있었다. 그 때까지도 해미시는 꼬리를 물고 놓지 않았다.

"자, 이제 괜찮아. 이제 살았어. 이제 내 꼬리 놓으란 말이야!"

셀비는 해미시를 떼어 내려고 꼬리를 흔들며 말했다. 두려움에 떨고 있던 해미시는 셀비의 고함에 깜짝 놀라서 꼬리를 더욱 세게 물었다.

"그만 해, 제에—바알—!"

소리치며 달리며 해미시를 돌아보며 번개처럼 내닫는 사이 셀비는 마을까지 오게 되었다. 달리기 대회 결승선 바로 앞까지 와서도 셀비는 그 사실을 깨닫지 못했다.

"아야! 아이구! 제발 좀 놔!"

"저기 좀 봐요!"

셀비와 해미시를 발견한 패터슨이 소리쳤다. 마을 사람들이 환호하는 가운데 셀비와 해미시는 연달아 결승선을 통과했다.

"셀비가 우승이에요! 셀비가 일등 상품으로 2년 치 뼈다귀 비스킷을 받게 됐어요!"

"아이쿠! 왜 난 꼭 지려고 하면 이기는 거지?"

셀비는 겨우 해미시를 꼬리에서 떼어 내며 투덜거렸다.

13. 유령 소동

"이 집에 유령이 사나 봐요. 밤에 아무도 없는 마루에서 자꾸만 발 소리가 들려요. 분명히 유령일 거예요."

어느 날 저녁, 유령 사냥꾼으로 유명한 스플린이 진행하는 〈유령들—과거와 현재〉라는 텔레비전 프로그램을 보며 트라이플 부인이 말했다.

"셀비가 비스킷 가지러 가는 소리였을 거야."

트라이플 박사가 말했다.

셀비의 귀가 번쩍 띄었다.

'나는 그런 적 없는데……. 밤에는 박사님과 아줌마가 깰까 봐 고양이처럼 살금살금 걷는단 말이야. 그래도 유령은 아닐 거야. 유령 같은 게 어딨어?'

"셀비는 아니에요. 셀비는 항상 고양이처럼 살금살금 걷거든요. 유령일 거예요. 지금 스플린에게 전화를 해서 어떻게든 도와 달라고 해야겠어요."

부인이 말했다.

3일 뒤, 스플린은 '유령잡이 도구'라고 써 있는 큰 상자를 들고 집에 도착했다.

"제가 스플린입니다. 유령들은 모두 제 손 안에 있죠. 유령이 나왔던 곳을 알려 주세요. 번개처럼 문제를 해결해 드리겠습니다."

스플린이 손뼈가 으스러질 정도로 부인의 손을 세게 잡고 악수를 하며 말했다.

"유령인지는 확실히 모르겠지만, 마루를 왔다갔다하며 이상한 소리를 내요."

부인이 말했다.

"매우 유령다운 행동이군요. 이 집에 유령이 있는
게 느껴져요."

스플린이 상자에서 깡통을 꺼내면서 말했다.

"유령이 있는 게 느껴진다고요?"

박사가 자신의 손을 보며 말했다.

"주위에 유령이 있으면 몸이 욱신욱신 쑤시거든
요."

스플린이 몸을 부르르 떨더니 말을 이었다.

"그건 그렇고, 여기에 오기 전에 보거스 마을에
대해 조사를 좀 했어요. 그런데 제 생각에는 이 집
에 무법자 빌의 유령이 있는 것 같아요."

"무법자 빌이라고요? 그는 보거스 마을에 처음으
로 집을 지은 사람인데……. 그리고 벌써 오래 전에
죽었어요."

"맞아요. 빌은 도시에서 멀리 떨어져서 살려고 백
년 전에 개를 데리고 이 곳으로 왔지요. 그 뒤 다른
사람들도 하나하나 이 곳에 집을 짓기 시작했구요.
빌에 대한 얘기는 안 하셔도 돼요. 그 사람에 대해

선 끝에서부터 처음까지 다 알죠."

스플린이 말했다.

'끝에서부터 처음까지라니?'

트라이플 부인은 궁금증을 삼키며 물었다.

"그런데 왜 빌의 유령이 우리 집에 나타나는 거죠?"

"제 생각에는 보거스 마을이 변해 가는 것을 빌이 싫어하는 것 같아요."

"그렇지만 보거스 마을은 아무것도 변한 것이 없어요. 그냥 보통 시골 마을이라구요."

"빌이 살아 있었을 당시 이 곳은 평화로운 숲이었죠. 빌은 지금 숲이 다 파괴되었다고 생각하는 것 같아요. 보거스 마을의 시장을 겁주어 내쫓으면, 결국 마을 사람 모두 짐을 싸서 떠날 거라고 생각하는 거죠. 자, 그럼 퇴마 작전을 시작해 볼까요?"

스플린이 깡통에 흰색 페인트를 부으며 물었다.

"뭐라고요? 유령에도 테마가 있나 보죠?"

"아니, '테마'가 아니라 '퇴마'요. 그러니까 제 말은, 유령 퇴치 작전을 시작하자구요."

"네, 그래야죠."

부인은, 왜 유령 사냥꾼들은 다른 사람들이 알아듣기 쉬운 단어를 사용하지 않는지 궁금해하면서 말했다.

"텔레비전 카메라나 전자 유령 감지기, 아니면 네 발 회전 슈퍼 전자 움직임 감지 마이크 같은 건 필요 없나요?"

어느 누구보다도 어려운 단어를 좋아하는 트라이플 박사가 물었다.

"유령을 잡는 가장 좋은 방법은 페인트를 붓는 거예요. 구식이긴 하지만 대개는 성공하죠."

스플린이 말했다.

"유령에게 페인트가 묻을까요?"

트라이플 부인은 카펫에 묻은 페인트를 처리할 걱정부터 하며 물었다.

"유령이 쳐다보지 않을 때 하면 돼요. 그러니까, 제가 영혼의 힘으로 유령의 존재를 느끼는 순간, 줄을 당겨 깡통에 든 페인트를 쏟아 부을 거예요. 바로 그 때 사진을 찍는 거예요. 유령들은 사진을 싫어하니까 다시는 돌아오지 않을 테죠. 이 페인트는 물에 지워지니까 카펫 걱정은 하지 마세요.”

“해 볼 만하네요. 잠만 푹 잘 수 있다면 뭐든지 하겠어요.”

부인이 말했다.

“바로 그런 정신이 필요해요.”

스플린은 킥킥 웃고 나서 말을 이었다.

“자, 이제 저 개를 바깥으로 내보내세요. 방해가 될지 모르니까요. 박사님과 부인은 주무셔도 돼요. 나머지는 제가 알아서 하죠.”

셸비는 정원에 누워 중얼거렸다.

“유령이라고? 말도 안 돼. 그 멍청한 유령 사냥꾼 때문에 집에도 못 들어가다니……. 이러고 있다간 얼어 죽거나 굶어 죽고 말 거야. 아휴, 배고파! 그 맛없는 뼈다귀 비스킷이라도 하나 먹었으면.”

셀비는 창문 옆에 있는 나무 위로 올라가서 한 손엔 카메라를, 또 한 손에는 밧줄을 잡고 앉아 있는 유령 사냥꾼 스플린을 훔쳐보았다.

'영혼의 힘 좋아하시네! 저렇게 깊이 잠들고선 뭐, 유령을 잡겠다고? 말도 안 돼! 흥! 요건 모르겠지? 아줌마가 창문을 안 잠그셨고, 곧 손님이 찾아갈 거라는 걸. 바로 나 말이야.'

셀비는 가만가만 창틀에 올라서서 천천히 창문을 열었다. 그러고는 몸을 반쯤 밀어넣고 스플린의 얼굴 앞에서 앞발을 흔들어 보았다.

'완전히 곯아떨어지셨군. 앞에서 유령이 탭댄스를 춰도 모르겠네. 좋아! 유령이고 뭐고 들어가서 뭐 좀 먹어야겠어.'

셀비는 거실을 통해서 부엌으로 갔다. 그리고 조용히 뼈다귀 비스킷 몇 개를 오도독 오도독 씹어 먹었다.

'날이 밝을 때까지 집 안에 있으면 좋겠다. 하지만 그렇게 하면 박사님과 아줌마는 내가 창문을 열고 들어왔다는 것을 알게 되겠지? 그럼 내가 평범한 개가 아니라는 것을 알게 되고…… 그럼 곧 나의…… 꿀꺽! ……비밀도 탄로나게 될 거야. 어휴, 저 추운 바깥으로 다시 나갈 수밖에 없잖아.'

셸비는 다시 거실로 갔다. 그런데 바로 그 때 잠들어 있던 스플린이 벌떡 일어나 소리쳤다.

"느낌이 왔어! 유령이 여기 있다!"

그러더니 스플린은 줄을 잡아당겼다. 페인트가 철퍽 쏟아졌다.

"도와줘! 여기서 나가야 해!"

셸비가 소리치는 순간, 스플린의 사진기가 찰칵 사진을 찍었다.

셸비는 마구 달려 공중으로 몸을 날렸다. 그리고 아슬아슬하게 스플린을 피해 열려 있는 창문으로 빠져나왔다.

셸비는 물뿌리개로 페인트를 씻으며 말했다.

"다 틀렸어! 다 틀렸다구. 그 사진을 보자마자 내가 나무를 타고 창문으로 집 안에 들어갔다는 걸 알

게 될 거야. 나는 끝난 거야. 차라리 지금 가서 사실대로 말하는 게 나을지도 몰라.”

셀비가 살금살금 현관문으로 가고 있는데, 스플린이 갑자기 밖으로 뛰쳐나왔다.

“이 사진 좀 보세요!”

스플린이 트라이플 박사 부부에게 사진을 흔들며 소리쳤다.

“내가 잘못 생각했어요. 그 유령은 빌이 아니라 빌의 개였다구요!”

셀비는 페인트를 뒤집어쓴 채 창문을 향해 공중으로 몸을 날리는 자신의 사진을 보았다.

“개 유령을 찍은 사진으로는 이게 최초일 거예요. 더구나 말하는 개였다구요! ‘여기서 나가야 해!’라고 말하는 것 혹시 들으셨나요? 개 유령은 다시는 찾아오지 않을 거예요. 정말 멋져요! 지금까지 내가 만난 유령 중에 최고예요!”

잠시 후 셀비는 카펫에 누워 두 눈을 감고 잘 준비를 하며 생각했다.

'휴, 큰일날 뻔했네……. 스플린이 텔레비전에서 개 유령 얘기를 하며 페인트를 뒤집어쓴 내 사진을 들고 있는 모습을 빨리 보고 싶어. 어쨌든 말도 안 되는 이 유령 소동도 끝이 나서 좋다. 아—함! 적어도 집 안에서 다시 잘 수 있게 됐잖아.'

며칠 후 셀비는 거실에서 발 소리를 들었다. 그 소리는 아주 가까이에서 났다. 발걸음에 이는 바람이 느껴질 정도였다.

'트라이플 박사님일 거야. 으하함! 졸려 죽겠다. 부엌에 가서 물을 마시려는 거겠지? 가끔 한밤중에 그러시니까.'

셀비는 곧 깊은 잠에 빠지고 말았다. 하지만 만약 그 때 머리를 들어 컴컴한 거실에서 박사의 모습을 찾으려고 했다면, 아니, 아무도 눈치채지 못할 정도로 살짝 실눈만 뜨고 쳐다보았더라면 그 곳에 아무도 없었다는 것을 알았을 것이다.

14. 셀비의 위기일발

오스트레일리아에서 유일하게 아니, 전 세계에서
유일하게 말할 수 있고 쓸 수 있고 읽을 수도 있는
개 셀비에게는 이 모든 사실을 비밀로 하는 것이 결
코 쉽지 않았던 때가 종종 있었다. 하지만 셀비는
죽는 한이 있더라도 그 비밀을 지키겠다고 맹세했
었고, 그래서 10월 3일, 셀비가 거의 죽을 뻔한 일이
생겼다.

10월 3일은 보거스 마을의 대청소 날이었다. 트라
이플 박사 부부는 낡고 부서진 가구들을 쓰레기장

으로 보내기 위해 내놓았다. 무척 더운 날이었다.

그늘이 진 큰 나무를 향해 걸어가고 있던 셸비는 낡은 찬장의 서랍이 열려 있는 것을 보았다. 그 서랍에는 보거스 신문이 깔려 있었고, 바로 거기에 셸비가 좋아하는 연재 만화 〈음악의 신 완다〉가 있었다. 셸비는 그 서랍에 머리를 박고 열심히 만화를 읽었다. 그러다가 햇빛이 너무 뜨거워지자 아예 서랍 안으로 들어가 버렸다.

〈음악의 신 완다〉는 완다라는 여자가 어렸을 때 자신의 그랜드 피아노를 훔쳐 간 악당을 잡기 위해 타임머신을 타고 시간 여행을 하는 이야기이다. 래리라는 악당은 아기였을 때 트롬본 소리에 놀란 이후 음악을 싫어하게 되었다. 그는 세상의 모든 음악을, 현재뿐 아니라 과거와 미래의 모든 음악까지 모두 없애 버리겠다고 맹세를 했다.

래리는 늘 손가락으로 수염을 빙빙 꼬며 "모든 악기들을 없애 버리겠어!"라고 소리쳤다. 그리고 바이올린을 밟아 성냥개비처럼 만들며 이렇게 말하곤

했다.

"그러면 음악 나부랭이 같은 쓸데없는 소리는 영원히 없어지겠지. 하하하!"

한편 완다는 언제나 둥근 북처럼 생긴 타임머신을 타고 날아가며 말했다.

"악당을 막아야 해. 만약 음악이 사라진다면 기쁨도 사라지고 말 거야. 사막에 떨어져 말라 버린 꽃처럼 사람들의 가슴도 메말라 버리겠지."

완다가 매일 만화 속에서 이 말을 할 때마다, 셀비는 코끝이 찡해서 콧물을 훌쩍거리며 말했다.

"완다, 걱정하지 마. 악당을 막을 수 있을 거야."

만화 속에서 완다는 매번 래리를 뒤쫓아 악기를 부수는 것을 막는다. 하지만 완다는 늘 래리에게 속아 넘어가고 결국은 붙잡혀 끔찍한 죽음의 위기에 놓인다. 그러다가 항상 다음 번 만화 첫 번째 부분에서 완다는 무사히 도망쳐 나오고, 다시 래리를 뒤쫓아 다니는 것이다.

셀비가 찬장 서랍 안에서 읽은 만화의 마지막은,

완다가 나무에서 떨어져 오케스트라의 함정에 갇히는 것이었다. 래리는 완다를 붙잡아 식인종에게 넘겨 주었고, 완다는 펄펄 끓는 냄비 속에 던져질 운명에 처하게 된다.

"괜찮아, 완다!"

셸비는 완다가 부츠 속에 숨겨 둔 마술봉의 힘을 빌려 빠져나갈 수 있다는 것을 알고 있었다.

"너는 빠져나올 수 있어. 내가 알아. 벌써 다음 회 만화를 봤거든."

그 때였다. 찬장이 기우뚱하더니 서랍이 닫혀 버렸다. 셸비는 누군가가 찬장을 들어 트럭에 싣고는 보거스 마을 쓰레기장으로 덜컹거리며 가고 있다는 것을 알 수 있었다.

게다가 찬장은 서랍 입구가 바닥을 향하게 놓여져 있어 도저히 빠져나갈 수가 없었다.

"이런……. 덫에 걸린 쥐 신세군. 겁먹지 말자. 음…… 완다라면 이 상황에서 어떻게 빠져나갔을까? 완다가 코브라 항아리 속에 갇혔을 때는 피리를 불어 뱀한테 물리지 않았었는데……. 아니, 그건 지금 별 도움이 안 돼. 왜냐하면 우선 내게는 피리가 없잖아. 그리고 코브라도 없고. 자, 가만있어 보자. 맞아, 완다가 기찻길에 묶였던 적이 있었지! 그 때 완다는 풀피리를 만들어 삑삑 소리를 냈어. 운전기사는 다른 기차가 오는 줄 알고 겨우 기차를 멈추었지. 아니야……. 그것도 별 도움이 안 돼. 무서워하지 않을 거야. 무슨 방법이 없을까?”

셸비는 트럭이 멈추는 것을 느꼈다. 셸비는 쓰레기장이 높은 벼랑 아래 있고, 트럭이 벼랑 끝에서 찬장을 포함한 모든 쓰레기를 떨어뜨린다는 것을 생각해 냈다.

“내가 지금 무슨 생각을 하는 거야! 완다는 그냥 만화 주인공이야. 그렇지만 나는 살아 있고, 생각하고 느낄 수 있는 개란 말이야! 이제 나는 벼랑 아래로 떨어질 운명이라구!”

셸비는 소리쳤다.

“무서워! 도와줘요! 죽고 싶지 않아요! 살려 줘요!”

셀비는 트럭 기사가 문을 열고 트럭 뒤쪽으로 오는 소리를 들었다.

"무슨 일이지? 거기 살려 달라는 사람이 누구요?"

기사가 철제 서류함을 쳐다보며 말했다.

"저예요!"

셀비는 자신의 비밀이 탄로나고 있다는 것을 알면서도 소리쳤다. 트라이플 박사 부부의 하인으로 평생 살아야 하는 것도 알고 있었다. 하지만 비밀을 지키려다 죽는 개보다는 살아 있는 하인이 되는 것이 나았다.

"서류함이야, 아니면 쇼핑 카트야?"

기사는 혼란스러운 듯 물었다.

"둘 다 아니에요. 찬장이에요."

"잠깐, 잠깐만⋯⋯. 찬장은 말을 못 하잖아."

"옷장이나 쇼핑 카트도 말을 못 하는 건 마찬가지죠, 바보 아저씨. 하지만 찬장 안에는 개가 있으니까 질식하기 전에 빨리 서랍을 열어 줘요."

기사는 셀비의 목걸이를 잡아 올리며 말했다.

"와! 말도 안 돼! 진짜로 말을 하잖아! 내 귀로 직접 듣지 않았다면 절대로 안 믿었을 거야. 이제 나는 부자야! 이 녀석아, 다시 말해 봐."

"멍멍멍!"

이제 더 이상 벼랑 아래로 버려질 일이 없어진 이상 비밀을 끝까지 지키기 위해 셀비는 짖었다.

"멍멍멍? 웃기는 수작 하지 마. 제대로 말을 해 보라구. 말할 수 있잖아. 다 아니까 날 속일 생각 하지 마."

기사가 셀비를 마구 흔들며 말했다.

"봐, 이 얼간아!"

셀비는 트럭 기사에게서 재빨리 벗어나 트럭에서 뛰어내렸다.

"절대로 못 잡을걸? 그리고 말하는 개를 보았다는 이야기는 아무한테도 안 하는 게 좋아. 아무도 안 믿을 테니까."

바로 그 때, 트럭이 굴러가기 시작했다. 기사는 자신의 허리띠가 짐칸에 끼었다는 것을 깨달았다. 더

큰 문제는 트럭이 곧장 벼랑 쪽으로 가고 있다는 것
이었다.

"도와줘!"

기사는 다급하게 허리띠를 풀려고 했지만 벼랑 쪽
으로 한 걸음씩 계속 끌려가고 있었다.

"도와줘! 벼랑 아래로 떨어지고 싶지 않아!"

셸비는 잠시 생각하더니 곧 트럭을 쫓아가 얼른

운전석으로 뛰어올랐다. 그러고는 핸들을 잡고 닥치는 대로 손잡이를 당겨 보았다. 하지만 트럭은 점점 더 빨리 벼랑 쪽으로 돌진해 갈 뿐이었다.

문득 셀비는 〈자동차의 모든 것〉이라는 텔레비전 프로그램이 생각났다. 셀비는 얼른 주차 브레이크를 잡아당겼다. 트럭은 '끼이익!' 하며 벼랑 끝에서 불과 몇 센티미터를 남겨 놓고 겨우 멈추었다.

"휴! 죽을 뻔했네."

트럭에서 뛰쳐나오자마자 셀비는 트럭 기사를 쳐다보지도 않고 집으로 줄행랑쳤다.

그 날 저녁, 트라이플 부인이 피곤한 모습으로 집에 돌아왔다. 셀비는 바닥에 누워 몰래 〈음악의 신 완다〉를 읽고 있었다. 트라이플 부인은 남편에게 말했다.

"휴식이 필요해요. 내가 너무 열심히 일하고 있는 것 같아요. 오늘 시청 소속 트럭 기사가 말하는 개를 봤다는 거예요. 불쌍해서 내가 휴가를 한 달 줬어요. 나도 좀 쉬지 않으면, 말하는 개가 보일지 몰라요."

부인은 셸비를 바라보았다.

셸비는 〈음악의 신 완다〉를 읽고 있는 눈동자가 움직이는 것을 들키지 않으려고 눈을 작게 뜨며 생각했다.

'아줌마는 지금 말하는 개를 보고 있다는 걸 모르신단 말씀이야!'

15. 입이 붙었다고 해 두지요

트라이플 박사 부부의 오랜 친구인 셉티머스 박사가 곧 집에 도착할 예정이었다. 모피 동물 협회, 아니 최근 '모피 동물 및 바다 동물 협회'로 이름이 바뀐 이 단체의 보거스 지부로 돌고래 언어에 대한 강연을 하러 오는 것이다.

'돌고래 언어라……'

셀비는 부엌으로 가며 생각했다. 그리고 강연에 대한 감사의 표시로 셉티머스 박사에게 줄 트로피를 쳐다보았다. 리본까지 두른 반짝이는 은 트로피였다.

‘박사님은 돌고래가 내는 ‘비비빅 스퀴익’ 소리와 혹등고래의 노랫소리를 10년 동안 들어 오셨지만, 아직 그 고래들이 무슨 말을 하는지 전혀 모르시는 것 같아.’

셀비는 협회 손님들이 기다리고 있는 거실로 돌아가려다가 그만 꼬리로 은 트로피를 넘어뜨리고 말았다. 트로피는 두 동강이 나 버렸다.

‘이런! 빨리 트로피를 다시 붙여 놔야 해.’

셀비는 ‘다용도 슈퍼 본드’를 찾으러 뛰어갔다.

잠시 후 셀비는 본드에 붙어 있는 설명서를 읽으며 생각했다.

‘그런데 이 본드로 저 부서진 은 트로피를 다시 붙일 수 있을까? 음…… 어디 보자. 햐, 부서진 은 트로피를 붙이는 데 특히 효과가 있다고?’

셀비는 너무 기쁜 나머지 그 아래에 있는 경고문을 읽지 않았다.

〈경고〉

본드가 몸에 묻지 않게 조심하십시오!

그렇지 않으면 후회하게 될 겁니다!

"빨리 굳어야 할 텐데."

셸비는 앞발에 본드를 묻혀 트로피의 부서진 부분에 문지른 뒤 두 조각을 리본으로 꽉 묶었다. 그런데 바로 그 때, 셉티머스 박사가 실물 크기의 돌고래 플라스틱 모형을 들고 들어왔다.

"깜박이! 늦어서 미안하네."

셉티머스 박사가 트라이플 박사의 옛날 별명을 부르며 말했다.

"어휴, 목말라! 날씨도 덥고, 차 안에 너무 오래 있었나 봐. 물 한 잔 마셔도 괜찮겠지?"

"그럼, 물론이지. 거기 바로 옆에……."

트라이플 박사가 말했지만 셉티머스 박사는 벌써 돌고래 모형을 내려놓고 부엌으로 뛰어간 뒤였다.

"컵은 어디에 있나?"

셉티머스 박사는 그 대답을 할 수 있는 말하는 개가 바로 앞에 있다는 것도 모른 채 물었다.

"아! 이걸 쓰면 되겠군."

박사는 반짝이는 은 트로피에 물을 따랐다. 그리고 물을 다 마신 뒤 싱크대 위에 트로피를 내려놓았다. 그러더니 그게 자기가 받을 선물이라는 것도 모르고 거실로 뛰어갔다.

'휴, 다시 두 개로 안 쪼개져서 다행이야.'

셀비는 셉티머스 박사를 따라가 실물 크기의 플라스틱 돌고래 모형 옆에 누웠다. 그리고 앞발로 돌고래를 안고 박사가 연설을 시작하기를 기다렸다.

셉티머스 박사는 '모피 동물 및 바다 동물 협회 보거스 지부' 사람들을 둘러보며 막 이야기를 시작하려는 중이었다. 그런데 입이 열리지 않는 것이었다.

"음—!"

셉티머스 박사는 사람들에게 손을 흔들며, 자신의 입술이 붙었다는 뜻을 전하려 했다. 하지만 박사도 물을 마시다가 다용도 슈퍼 본드가 입에 묻어 그렇게 되었다는 사실은 전혀 알지 못했다.

"흐ㅇㅇㅇㅇㅇㅇㅇㅇㅇㅇㅇㅇㅇㅇㅇㅇㅇㅇㅇㅇㅇㅇㅇㅇㅇㅡ음음음음음음음음음음음음음음음음음음ㅁㅁㅁㅁㅁㅁㅁㅁㅁㅁㅁㅁㅁㅁㅁㅁㅁㅁ음음음음!"

셉티머스 박사가 사람이 낼 수 없는 이상한 소리를 내기 시작하자, 수군거리던 사람들이 갑자기 조용해졌다. 셉티머스 박사는 두 손으로 입술을 잡아 떼려고 애쓰며 말했다.

"글립 글립 글리이이이이입 스퀴익 브리리익. 비이이이이이이이이이이이이입!"

"오! 셉티머스 박사가 드디어 돌고래 언어의 암호를 풀었나 봐요! 지금 완벽한 돌고래의 말을 하고 있다구요!"

트라이플 박사가 침묵을 깨고 말했다.

"멋져요!"

어떤 사람이 소리를 쳤다. 그러자 사람들은 "브라보!" "멋져요!" "해내셨군요!" 하며 귀가 찢어질 듯

한 환호를 보냈다. 셀비는 입을 열지 못하고 계속 날카로운 소리만 내고 있는 셉티머스 박사를 쳐다 보며 생각했다.

'이런! 입에 본드가 묻었나 봐! 빨리 어떻게 하지 않으면 평생 저렇게 입이 붙어 있을지도 몰라!'

셉티머스 박사는 몸부림을 치다 바닥에 쓰러졌고, 쓰러져서도 계속 '스퀴이끽 블리이끽' 하는 괴상한 소리를 냈다.

"이제 돌고래가 수영하는 모습까지 보여 주고 계시군요! 몸짓도 언어의 일부분이겠죠? 지금 뭐라고 하는지 알아맞혀 보라는 뜻 같은데요?"

트라이플 부인이 말했다.

'이건 정말 끔찍한 일이야. 입이 아주 붙어 버렸어! 내가 트로피를 깨는 바람에 이런 일이 생긴 거야. 다 내 탓이라구! 어떡하지?'

당황한 셀비는 자리를 피하려고 벌떡 일어났다. 그 순간 실물 크기의 플라스틱 돌고래 모형도 셀비와 함께 펄쩍 뛰었다. 셀비는 그제서야 앞발이 돌고래의 꼬리에 붙어 버렸다는 것을 알게 되었다.

‘이런…… 붙어 버렸어! 빨리 떼어 내지 않으면 평생 이 녀석 꼬리를 졸졸 따라다녀야 할 거야!’

셀비는 돌고래 모형을 떼어 내기 위해 미친 듯이 그것을 밀어 내고 바닥에 내동댕이쳤다. 하지만 아무 소용 없었다. 급기야 너무 무서운 나머지 방 한가운데를 빙빙 돌기 시작했다. 마치 올림픽에서 원반 던지기 선수가 원반을 던지기 전에 준비 동작을 하는 것처럼 말이다.

"셀비가 왜 저러죠?"

트라이플 부인이 소리쳤다. 계속 꽥꽥거리고 있는 셉티머스 박사만 빼고 모든 사람들이 주위에 몰려들었다. 셀비는 선풍기처럼 휭휭 소리가 날 정도로 점점 빨리 돌기 시작했다.

바로 그 때, 손가락을 입에 넣고 내는 ‘삑—’ 소리가 나더니, 아니 그보다 더 큰 ‘삑—’ 소리와 함께 돌고래가 셀비에게서 떨어져 나갔다. 그리고 돌고래는 공중으로 날아가 셉티머스 박사의 입에 또

한 번 부딪쳤다.

모피 동물 및 바다 동물 협회 보거스 지부 사람들
이 지켜보는 가운데 셉티머스 박사는 턱을 들었다
내렸다 해 보고, 혀가 아직 잘 있나 확인이라도 하
듯 넣다 뺐다 날름거렸다. 셉티머스 박사가 말했다.

"정말 희한하네요. 입이 붙어 버리다니. 다시는 못
열 줄 알았죠. 하지만 셀비와 나의 돌고래 덕에 이

제 괜찮은 것 같네요."

"말을 어떻게 하는지 돌고래가 자네한테 제대로 가르쳐 줬군, 그래. 근데 난 아직도 정확히 무슨 일이 일어난 건지 모르겠어. 셀비는 왜 그렇게 빙빙 돌았지? 저 녀석은 운동이라면 질색인데……."

트라이플 박사가 웃으며 말했다.

"셀비가 말할 수만 있다면…… 한 마디쯤 설명을 해 줄 수 있을 텐데."

트라이플 부인이 한숨을 쉬며 말했다.

"한두 마디뿐이겠어요. 두세 마디도 말할 수 있답니다."

셀비는 혼잣말을 하며 집 밖으로 빠져나갔다. 지루한 강연을 듣느니 밖에서 산책이라도 하는 게 낫다고 생각하며 셀비는 말했다.

"그렇지만 셉티머스 박사님처럼 저도 입이 붙었다고 해 두지요."

16. 셀비의 운세는?

"오늘 '아름다운 보거스 마을 축제'에서 집시 점
쟁이 마스카라 부인이 손금을 봐 주었어요. 내가 행
복하게 오래오래 살 거래요. 그리고 자식들이 우릴
잘 돌봐 줘서 늙어서도 걱정 없이 살 수 있다고 했
어요."

트라이플 부인이 땅콩 잼을 바른 바나나 샌드위치
세 개를 재빨리 만들어 내며 남편에게 말했다.

트라이플 박사는 품위 있게 대꾸했다.

"점쟁이들이 누구한테나 하는 그런 이야기지, 뭐.

나 같으면 진지하게 받아들이지 않을 거야. 더구나 우리한테 자식이 어딨어?"

"셀비를 두고 하는 말일 수도 있잖아요. 셀비는 우리한테 자식이나 마찬가지니까요. 자, 여기 바나나 샌드위치 받아요."

부인이 샌드위치를 건네며 말했다.

"고맙소."

박사가 샌드위치를 받으며, 아무 말도 못 알아듣는 척 누워 있는 셀비를 바라보았다. 박사는 나중에 늙으면 셀비가 어떻게 자신들을 돌봐 줄 수 있을지 생각하는 중이었다.

"그런데 나머지 샌드위치 하나는 누구 거지?"

"마스카라 부인한테 주려구요. 마스카라 부인은 바나나 샌드위치 같은 건 들어 본 적도 없대요. 그래서 내가 하나 만들어 주겠다고 약속했죠. 대신 셀비의 운세를 공짜로 봐 주겠대요."

'운세를 봐? 말도 안 되는 얘기지……. 다 미신이야. 나는 그런 거 안 믿어. 누가 남의 미래를 내다볼

수 있겠어?’

셀비는 살짝 실눈을 뜨고 트라이플 박사 부부를
쳐다보며 생각했다.

“만약에…….”

박사는 입 천장에 들러붙은 땅콩 잼을 손가락으로
떼기 위해 잠시 말을 끊었다.

“만약에 미숫가룬가 뭔가 하는 그 점쟁이가 셀비
의 운세가 나쁘다고 하면 어쩌려구? 무섭고 기분 나
쁜 운세가 나올 수도 있잖아.”

“그러니까…… 내일 당장 황천으로 간다거나, 뭐
그런 것 말이에요?”

“황천이 어디야?”라고 말하면서 트라이플 박사
는 손가락에 묻은 땅콩 잼을 빨아 먹었다. 그 바람
에 잼이 입천장에 다시 들러붙고 말았다.

“저승 말이에요. 하늘나라로 간다구요. 그러니까
죽는다고요!”

부인이 설명했다.

“당신은 말솜씨가 청산유수라니까. 그래, 하여간

그런 거 말이야.”

“점쟁이는 운세가 정말 나쁘게 나오면, 절대로 말하지 않아요. 그냥 자기만 알고 비밀로 하죠. 자신의 고객이 살 날이 하루밖에 남지 않은 걸 알고 고민하고 걱정하는 것을 원하지 않는 거예요. 그렇게 즐거운 일은 아니잖아요.”

“물론 즐거운 일은 아니지.”

박사가 또다시 손가락으로 땅콩 잼을 긁어 내며 말했다.

“아이쿠! 마스카라 부인이 짐 싸서 떠나기 전에 빨리 가 보는 게 좋겠어요.”

부인이 갑자기 생각난 듯 말했다.

셸비는 트라이플 부인과 함께 집시 점쟁이의 천막 안으로 들어가며 생각했다.

‘내가, 이 셸비가 내일 황천으로 간다고? 말도 안 돼! 만약에 그런 일이 생긴다고 해도…… 절대로 알아맞힐 리 없어. 점쟁이 아줌마 앞에서 코웃음을 쳐야지. 히히히! 모두 다 허튼 소리야.’

"오! 먹음직스러운걸요! 바나나 샌드위치라……
왠지 몸에 좋을 것 같아요."

마스카라 부인이 반지를 잔뜩 낀 손을 뻗어 바나
나 샌드위치를 받아서는 한 입 크게 베어 물며 말
했다.

"그럼요!"

트라이플 부인이 셸비를 마스카라 부인 옆의 의자
에 앉히며 말했다.

"자, 개의 운세를 살펴봅시다. 음……."

마스카라 부인이 셸비의 발바닥에 난 잔주름을 보
더니 말했다.

"개의 발은 사람의 손과는 다르군요. 그렇죠? 발
보다는 수정 구슬로 보는 게 좋겠어요."

셸비는 마스카라 부인이 마치 창문 닦듯 수정 구
슬을 앞뒤로 문질러 닦는 것을 지켜보았다. 수정 구
슬에 마스카라 부인의 얼굴이 거꾸로 비쳤다.

그 때 갑자기 마스카라 부인이 이상한 표정을 지
었다. 그러고는 "오, 안 돼!" 하고 소리를 지르더니

수정 구슬을 탁자 아래로 떨어뜨리고 말았다. 수정 구슬은 셀비의 발 위에 떨어졌다. 마스카라 부인의 목에서 '가글가글' 하는 소리가 났다. 소리는 곧 '버블버블'로 바뀌었다. 마스카라 부인은 곧 정신을 잃고 바닥에 쓰러졌다.

"부인! 마스카라 부인! 괜찮아요?"

트라이플 부인이 별점 카드로 마스카라 부인의 얼굴에 마구 부채질을 하며 소리쳤다.

셀비는 마스카라 부인이 눈을 번쩍 뜨며 머리를 들어올리는 것을 보았다. 마침내 부인이 입을 열었다.

“난 괜찮아요, 부인. 방금 수정 구슬에서 끔찍한 것을 보았거든요. 뭘 봤는지는 차마 말할 수가 없네요. 실례가 될 것 같아서요.”

순간 셸비의 몸이 굳었다. 전속력으로 달리는 달리기 선수처럼 땀까지 마구 흘리고 있었다. 셸비는 천막 밖으로 뛰쳐나가며 생각했다.

‘오, 말도 안 돼! 그럴 리가 없어! 점쟁이 아줌마가 뭔가 끔찍한 걸 본 게 분명해! 그래서 말해 주지 않은 거야! 이건 장난이 아니야! 이제 모두 다 끝난 거야. 난 죽은 목숨이야! 내일 황천으로 간다고! 점쟁이 아줌마는 예의상 말할 수가 없었던 거야……. 흐윽—, 흐흐윽—.’

셸비는 네 잎 클로버를 잡아뜯고 나무에 부딪치며 들판을 마구 뛰어갔다. 그러면서도 재수 없는 일이 생길까 봐서, 혹시 검은 고양이가 지나가지는 않나, 자기가 사다리 밑을 지나가지는 않나, 거울을 밟아 깨뜨리지는 않을까* 조심, 또 조심했다.

“지금 내가 왜 거울 깨뜨리는 걱정을 하고 있는

거지? 거울을 깨뜨리면 7년 동안 재수가 없다던데, 재수가 없더라도 7년 동안 더 살 수만 있다면 무슨 일이라도 할 텐데."

그러더니 셸비는 마구간 울타리를 넘어 들어가 쓰레기통을 뒤져 낡은 말 발굽이 있나 찾아보았다.

"반지를 잔뜩 낀 점쟁이 아줌마를 만나기 전까지만 해도 나는 진짜로 너무나 행복한 개였는데……."

그 날 저녁, 셸비는 행운을 가져다 준다는 온갖 물건을 자루에 잔뜩 담아 집으로 끌고 왔다. 셸비는 그것을 몽땅 차고에 숨겨 두고 거실로 살그머니 들어갔다. 트라이플 박사는 거실에서 『초보자를 위한 미래 예언』이라는 책을 읽는 중이었다.

'박사님과 아줌마한테 말하는 것이 좋겠어. 내일이면…… 흐윽! 모든 게 끝날 테니까. 내가 말할 수 있다는 것을 말해야겠어. 그리고 나한테 지금까지

---

* 서양에서는 검은 고양이와 마주치는 것, 사다리 밑으로 지나가는 것, 거울을 깨뜨리는 것을 모두 불길한 징조로 여긴다. 반면 네 잎 클로버, 토끼의 발, 말 발굽 등은 행운을 가져다 준다고 믿는다.

잘해 주셔서 감사하다고…… 흐윽! 말씀 드려야겠
지?'

셀비는 박사의 무릎에 앞발을 올려놓고 말을 하기
위해 목청을 가다듬었다. 그런데 그 때 트라이플 박
사가 책과 셀비를 번갈아 보며 말했다.

"오늘 힘들었지, 셀비야?"

그러더니 박사는 갑자기 입천장에 붙어 있는 땅콩
잼을 혀로 떼려고 애쓰며 말하기 시작했다.

"개오 사는 거이 십지느 아지?"

박사는 혀로 하는 것을 그만두고 손가락으로 땅콩
잼을 떼 내며 말했다.

"개로 사는 것이 쉽지는 않지?"

'내일 황천으로 간다고 생각하니, 정말 그래요!'

셀비는 생각했다.

바로 그 때 트라이플 부인이 뛰어 들어왔다.

"오, 셀비야. 여기 있었구나! 무사해서 다행이다!
셀비가 정말 끔찍했을 거예요. 점쟁이가 정신을 잃
고는 그만 수정 구슬을 셀비 발 위에 떨어뜨렸거든

요. 얼마나 아팠을까? 불쌍한 우리 아기……. 셀비를 다시는 못 보는 줄 알았지 뭐예요."

"무슨 일이 있었던 거야?"

박사가 물었다.

"처음에는 예의를 차리느라고 아무 말 없이, 수정 구슬에서 뭔가를 보고 당황한 척하더라구요. 그런데 알고 보니 마스카라 부인은 땅콩 잼에 알레르기가 있었던 거예요. 바나나 샌드위치에 땅콩 잼이 들어간다는 것을 몰랐던 거죠. 샌드위치를 한 입 물더니 그대로 쓰러지더라니까요. 그래도 금방 깨어나서 얼마나 다행인지 몰라요."

"셀비의 운세에 대해선 뭐라고 했는데?"

박사가 물었다.

"행복하게 오래오래 살 거래요. 그리고 늙어서도 자식들이 잘 돌봐 줄 거래요."

"셀비는 자식이 없잖아."

박사가 손가락에 묻은 땅콩 잼을 빨아 먹으며 말했다.

“우리를 뜻하는 거겠죠. 난 항상 셸비가 우리를 자기 자식처럼 여긴다고 생각했거든요. 셸비가 말을 할 수만 있다면 뭔가 하고 싶은 말을 할 텐데……”

부인이 말했다. 그러고는 셸비의 입가에 희미하게 퍼지는 미소를 지켜보았다.

17. 셀비는 해결사

"시청에 걸려 있던 내 초상화가 없어졌어요! 주말
에 자리를 비운 사이 어……어……없어졌어요!"

트라이플 부인이 셀비를 안고 경찰서로 뛰어들어
와 롱다리 순경과 숏다리 경사에게 소리쳤다.

"초상화요? 트라이플 박사님이 그리신, 그 사팔뜨
기 눈을 하고 있는 시장님의 초상화 말인가요?"

숏다리 경사가 깜짝 놀라며 말했다.

"네. 잘 그린 그림이 아니라는 건 알지만…… 남
편이 준 선물이란 말이에요. 저한테는 소중한 거라

구요."

"시장님, 진정하세요. 만약 범인을 잡지 못한다면 제가 성을 갈겠습니다."

〈키글리의 탐정 수첩〉이라는 텔레비전 프로그램을 보고 있던 숏다리 경사가 말했다. 오늘은 대저택의 하인이 주인의 비싼 그림을 훔치는 내용이었다.

"저도 돕겠습니다. 해결을 못 하면 저 또한 성을 갈겠습니다."

사건 해결을 좋아하는 롱다리 순경도 말했다.

"어떻게든 해 주세요."

역시 〈키글리의 탐정 수첩〉을 보다 온 부인이 말했다. 셀비는 롱다리 순경과 숏다리 경사의 성이 무엇이었는지 생각했다.

"하지만, 남편한테는 비밀로 해 주세요. 누가 그림을 훔쳐 갔다는 걸 알면 정말 화낼 거예요."

"시장님, 걱정하지 마세요. 저희는 사건 해결도 잘하지만 비밀도 잘 지킨답니다."

롱다리 순경이 부인을 안심시켰다.

그 날 저녁, 숏다리 경사가 부인에게 전화를 해서 속삭이며 말했다.

"시장님, 수상한 사람 셋을 붙잡았습니다. 그들에게 사건 현장인 시청으로 오라고 했습니다. 진짜 범인을 찾기 위해서요. 시장님도 오실 수 있죠?"

"예, 그럼요. 남편은 지금 작업장에서 조용히 일하는 중이니까 나는 셸비랑 산책하러 가는 것처럼 하고 나갈게요. 내가 시청에 가는 줄 모를 거예요."

부인도 속삭이듯 대답했다. 그리고 키글리 탐정도 범인으로 추정되는 사람들을 모두 사건 장소에 모아 놓고 사건을 해결하기 좋아한다는 것을 떠올렸다.

부인과 셸비가 사건 현장인 시청에 도착 했을 때, 숏다리 경사는 키글리처럼 담배 파이프를 물고 가운을 입은 채 용의자인 포스티, 멜라니, 그리고 필립 앞에서 왔다갔다하고 있었다.

"잠깐만요. 혹시 실수를 하신 것 아닐까요? 이렇게 좋으신 분들이 그런 나쁜 짓을 했을 리가요!"

부인이 말했다.

"범인 수사 과정에서는 아무것도 단정하면 안 되지요. 때에 따라서는 가장 의외의 사람이 범인인 경우도 있답니다."

숏다리 경사는 키글리의 말을 흉내내며 말했다.

'와우! 이거 흥분되는걸!'

셀비는 갑자기 세 사람 모두가 국제적인 초상화 도둑일지도 모른다는 생각이 들었다.

"저의 치밀한 수사에 의하면, 초상화는 정확히 어제 정오 시장님이 자리를 비운 사이에 없어졌더군요. 범인은 외투의 깃을 세우고 모자를 눈까지 푹 눌러 쓰고 가짜 수염을 붙인 사람입니다."

숏다리 경사가 '푸우―' 하고 연기를 뿜으며 말했다.

'굉장한데! 어떻게 알아 냈을까?'

셀비는 생각했다. 셀비 역시 〈키글리의 탐정 수첩〉 애청자였다.

"어떻게 알아 냈죠?"

부인도 궁금해하며 물었다.

"롱다리 순경의 정보로 알게 되었답니다. 둘이서 한참 토론을 하던 중에 롱다리 순경이 사건을 풀 수 있는 단서를 찾은 거지요."

숏다리 경사는 파이프로 롱다리 순경을 가리키며 말했다.

'사건을 풀 수 있는? 오호! 결정적인 단서로군! 너무 멋져! 키글리 탐정은 늘 치명적인 단서를 찾아서 사건을 해결하지.'

셀비는 생각했다.

"그 단서라는 게 뭐죠?"

트라이플 부인이 물었다.

"롱다리 순경이, 외투의 깃을 세우고 모자를 눈까지 푹 눌러 쓰고 가짜 수염을 붙인 어떤 사람이 문제의 그림을 팔에 끼고 조심스럽게 이 건물에서 나오는 것을 봤다는군요. 물론 그 때는 아무 생각 없이 그냥 지나쳤대요. 자, 이제……"

마치 키글리 탐정처럼 숏다리 경사는 갑자기 휙

돌아서더니 첫 번째 용의자를 파이프로 가리키며
진지한 목소리로 물었다.

"포스티, 그 사건이 일어났던 당시에 어디에 있었
죠?"

"그 사건이 일어났던 당시에……. 쿡쿡."

포스티는 웃지 않으려 애썼지만 웃음이 나오는 걸
막을 수가 없었다.

"웃겨서 못 하겠어요. 크하하하!"

"포스티, 질문에 진지하게 대답해 주세요."

숏다리 경사가 날카롭게 말했다.

"죄송해요. 그 사건이 일어나던 때에 저는 우체국
에서 우편물 분리 작업을 하고 있었어요. 증명할 수
도 있어요. 12시쯤 우체국 안에는 우표를 사러 온 사
람들이 20명쯤 있었으니까요. 바로 그 사람들이 내
가 우체국에 있었고, 또 그림을 훔치러 가지 않았다
는 것을 증명해 줄 거예요."

"아! 그렇지만…… 당신은 예전에 도시에 살았었
죠? 그리고 그 때 당신은 어떤 집의 하인이었구요.

사실이죠?”

숏다리 경사는 〈키글리의 탐정 수첩〉에서 물건을 훔치는 사람들이 주로 하인이었다는 걸 생각해 내고 말했다.

“아니에요! 절대 아니에요! 저에게 죄를 뒤집어 씌우려고 하지 마세요! 저는 결백합니다! 게다가 저는 하인이었던 적이 없어요!”

〈키글리의 탐정 수첩〉의 열렬한 애청자인 포스티가 소리쳤다.

‘텔레비전보다 더 흥미진진한걸?’

셸비는 이 심문이 어떻게 진행될지 궁금해졌다.

숏다리 경사가 두 번째 용의자인 멜라니를 보며 말했다.

“그리고 당신! 당신은 하인이었던 적이 있나요?”

“하녀였던 적은 있죠.”

멜라니가 하품을 하며 말했다.

“그건 소용이 없군요!”

경사는 파이프 연기에 기침을 하더니 세 번째 용

의자에게로 빙그르르 돌았다.

"당신은 어때요, 필립? 하인이었던 적이 있나요?"

"아뇨. 군대에서 하사였던 적은 있지만, 하인이었던 적은 없어요."

필립이 말했다.

"그러니까 당신이 사팔뜨기 시장님의 초상화를 안 훔쳤다는 거요? 아니, 내 말은 시장님의 사팔뜨기 초상화를 안 훔쳤다는 겁니까?"

키글리 탐정이 용의자들로 하여금 스스로 얼굴을 붉히며 자백하게 할 때처럼, 경사가 필립의 얼굴 앞에 손가락을 흔들며 말했다.

"나도 사건 당시에 제가 일하는 스파이스 식당에 있었다는 걸 증명할 수 있어요. 그 시간에 식당에서 음식을 먹었던 30명의 목격자들이, 내가 12시쯤에 당근 껍질을 까고 있었고 따라서 도둑질하지 않았다는 사실을 증명해 줄 거예요."

필립은 누군가 얼굴 앞에서 손가락을 흔들면 항상 그렇듯이 얼굴을 붉히며 말했다.

‘지금까지의 질문들로는 별로 알아 낸 것이 없는 것 같아.’

셀비는 생각했다.

바로 그 때 셀비는 외투의 깃을 세우고 모자를 눈까지 푹 눌러 쓰고 가짜 수염을 붙인 어떤 사람이 건물 뒷문으로 살짝 들어와 도둑맞았던 초상화를 벽에 걸고 있는 것을 보았다.

‘앗! 저 사람이야! 도둑이 초상화를 다시 갖다 놓으려고 하잖아! 여기 있는 사람들은 사건을 해결한답시고 정신이 없고. 뒤를 한 번만 돌아보면 진짜 범인을 볼 수 있을 텐데.’

셀비는 도둑의 어슴푸레한 그림자가 살금살금 문 쪽으로 향하는 것을 보았다.

‘어떻게 하면 이 사람들이 도둑을 보게 할 수 있지? 도둑이라고 소리칠 수도 없고……. 그렇게 되면 내 비밀이 탄로나겠지? 게다가 나 때문에 놀라는 동안 도둑을 놓쳐 버릴 게 분명해. 흠, 어떻게 하지?’

셀비는 으르렁거리다 컹컹 마구 짖으며 숏다리 경

사를 획 지나쳐 달려나갔다. 그 바람에 경사는 팽그르르 돌면서 파이프를 손에서 떨어뜨렸다. 눈치를 챈 도둑이 마구 뛰자, 셀비가 공중으로 몸을 날려 외투를 물었다.

"도둑이다!"

롱다리 순경이 소리치며 도둑을 붙잡아 바닥에 넘어뜨렸다.

"잡았어요! 변장을 벗기게 나를 좀 도와주세요!"

숏다리 경사와 세 사람의 용의자, 그리고 트라이플 부인은 넘어진 남자를 둘러쌌다. 롱다리 순경은 남자의 모자와 가짜 수염을 벗겼다.

"트라이플 박사님! 박사님이 바로…… 하인, 아니 그러니까 범인이에요?"

숏다리 경사가 소리쳤다.

"나, 나, 나는……."

박사는 어쩔 줄 몰라 말을 더듬었다.

"여보, 왜 이런 짓을 했어요? 왜 범죄자가 된 거예요? 왜 자기가 그린 그림을 훔친 거냐구요?"

부인이 묻자, 박사가 일어나서 먼지를 털며 말했다.

"용서해 줘, 여보. 훔친 게 아니야. 당신이 없는 동안 사팔뜨기 눈을 고쳐 보려고 그림을 잠시 빌렸을 뿐이라구. 당신을 놀라게 해 주려고 했는데, 고치는 데 시간이 걸려서 이제야 완성했어. 자, 봐."

트라이플 박사는 초상화를 가리켰다.

'정말이네! 그런데 이번에는 눈동자들이 너무 떨어져 있잖아. 서로 딴 곳을 보고 있는 것 같은걸.'

셀비는 새로 그린 초상화를 쳐다보며 생각했다.

“오, 여보! 너무 멋져요. 용서하다마다요.”

부인이 시장답게 품위 있는 모습으로 남편을 껴안으며 말했다.

“이렇게 해서 또 하루가 지나고 또 한 가지 사건이 해결되었습니다.”

셀비는 키글리 탐정이 프로그램을 마칠 때마다 하는 말을 똑같이 따라하며 말했다. 그리고 〈키글리의 탐정 수첩〉의 ‘생각이 빠른 개의 사건’ 편을 보러 재빨리 집으로 뛰어갔다.

일거 봤으니 알겠지만, 나에게 위험한 순간이 여러 번 있었어요. 하지만 나의 비밀은 여전히 비밀이랍니다. 그리고 앞으로도 영원히 비밀일 거구요. 나는 지금 식탁 아래에서 나무 바닥을 만지고 있어요. 우리 나라에는 자랑을 한 다음에는 나무를 만지는 풍습이 있거든요. 복수의 여신에게 보복을 당할까 봐 그런대요. 아줌마랑 박사님은 여적 주무시고 계세요. 계속 써도 될 것 같아요.

이크! 어떡하지? 박사님이 오시는 소리가 들려요! 어, 안 돼! 박사님이 지금 식탁보를 들치려고 해요. 아무래도 이 종이를 먹어 버려야겠어요!

도와줘요!

추신. 이 글을 입 속에 넣고 거의 삼키려고 하는 순간, 아줌마가 박사님을 불렀답니다. 박사님은 결국 식탁보를 들치지 않았어요. 휴! 또 큰일날 뻔했네요! 다음에 또 만나요! 안녕!

해결사 셸비

초판인쇄 | 2003년 11월 28일   초판발행 | 2003년 12월 8일
글쓴이 | 던컨 볼
그린이 | 앨런 스토만
옮긴이 | 이수진
책임편집 | 염현숙 원선화 염미희 김유정
디자인 | 박정은 정연화
펴낸이 | 강병선
펴낸곳 | (주)문학동네
출판등록 | 1993년 10월 22일 제22-188호
주소 | 413-834 경기도 파주시 교하읍 문발리 출판문화정보산업단지 513-8
전자우편 | kids@munhak.com   홈페이지 | www.kids.munhak.com
전화번호 | (031)955-8888   팩스 | (031)955-8855

ISBN 89-8281-729-8 04840
ISBN 89-8281-727-1

* 잘못된 책은 바꿔 드립니다.